NOAH'S OFFENBARUNG

RED LODGE BÄREN - 2

KAYLA GABRIEL

SCHNAPP DIR EIN KOSTENLOSES BUCH!

MELDE DICH FÜR MEINEN NEWSLETTER AN UND ERFAHRE ALS ERSTE(R) VON NEUEN VERÖFFENTLICHUNGEN, KOSTENLOSEN BÜCHERN, RABATTAKTIONEN UND ANDEREN GEWINNSPIELEN.

kostenloseparanormaleromantik.com

„*A*lso was denkst du?", fragte Aubrey. Sie hielt an den Stufen inne, die von der Küche ins Wohnzimmer führten, und ein erwartungsvoller Blick lag auf ihrem Gesicht. Von seinem Platz auf der Couch aus präsentierte das helle Küchenlicht perfekt Aubreys Sanduhr-Silhouette.

„Über dich?", fragte Luke und ließ seinen Blick von Kopf bis Fuß über sie wandern. Lange, dunkelrote Locken flossen über ihren Rücken und ihre Schultern und bildeten dicke Wellen, die an ihrer Taille endeten. Sie trug ein figurbetontes schwarzes Kleid mit einem dünnen Lackledergürtel, der ihre Taille zierte. Zusammen mit ihren unverkennbaren kirschroten Stöckelschuhen machte das Ensemble das Beste aus jedem köstlichen Zentimeter ihres kurvigen Körpers.

Luke warf ihr ein langsames, verschmitztes Lächeln zu und Aubrey schnaubte gespielt entrüstet.

„Nicht über mich, über das Haus", sagte sie und rollte mit den Augen. Sie kam herunter, ihre Absätze klackten auf dem Boden, das Schwanken ihrer Taille lenkte ihn ab ... wieder einmal.

Aubrey setzte sich neben Luke auf die Couch und nahm den Laptop, den er auf dem Kaffeetisch liegengelassen hatte. Sie arbeitete einen Moment, mit hochgezogenen Augenbrauen, bis sie den Laptop in seine Richtung drehte.

„Das hier gefällt mir am meisten, glaube ich", sagte Aubrey. „Das Haus ist größer, als ich für mich selbst geplant habe, aber es hat einen schönen Garten. Und ... es ist in der Nähe von vielen Schulen."

„Schulen, hm?", fragte Luke und zog eine Augenbraue hoch. „Ich wusste nicht, dass wir uns schon darüber Sorgen machen."

Aubrey errötete bis zu den feurigen Wurzeln ihres Haares und hob eine Schulter zu einem lässigen Achselzucken.

„Ich schaue nur aus Interesse, das ist alles", erwiderte sie.

Luke lehnte sich hinüber und küsste sie auf ihre nackte Schulter, ehe er seine Aufmerksamkeit wieder dem Laptop zuwandte. Seine Finger bewegten die Maus, während er sich die Fotos ansah, die Aubrey ihm zeigte und seine Lippen dabei nachdenklich zusammenpresste. Es war wirklich ein schönes Haus, groß und hell und luftig.

Er klappte den Laptop zu und warf Aubrey einen langen Blick zu.

„Das Problem mit Häusern −", begann er, aber seine Partnerin schnitt ihm das Wort ab.

„Kostet es zu viel? Es ist zu groß, oder? Glaubst du, wir überstürzen die Dinge, indem wir schon ein Haus suchen, obwohl wir noch gar nicht geheiratet haben?", platzte Aubrey heraus und trommelte mit ihren Fingern auf ihrem Schoß.

„Aub", seufzte Luke.

„Es ist okay, wir können auch einfach warten", sagte Aubrey.

So wie ihre Schultern bei dem Gedanken sackten, kicherte er beinahe. Wenn seine Partnerin etwas fühlte, dann fühlte sie es mit ihrem ganzen Herzen und investierte all ihre beträchtliche Kraft dabei. Luke streckte seine Hände aus und nahm ihre Hand, ließ seinen Daumen über den glitzernden Diamant-und-Saphirring fahren, der ihre linke Hand schmückte. Der Ring, den er auf ihren Finger gesteckt hatte, als er sie gebeten hatte, seine Partnerin zu sein, direkt nach dem er ihr versprochen hatte, dass er ihr die ganze Welt zu Füßen legen würde.

Er hatte jedes Wort so gemeint und nichts würde seine Hingabe für Aubrey Rose Umbridge mindern. Wenn überhaupt, dann wuchs seine Leidenschaft dafür, sie glücklich und zufrieden zu sehen, mit jedem Tag den sie miteinander verbrachten, noch mehr.

„Aubrey", sagte Luke und schnitt ihr das Wort ab, noch ehe sie ihre Tirade weiter loslassen konnte.

„Das Problem mit den Häusern ist, dass es ganz an dir liegt. San Francisco ist deine Stadt, du kennst sie am besten. Und es ist mir egal, wie viele Schlafzimmer es dort gibt oder wie der Garten aussieht oder ob wir begehbare Kleiderschränke haben. Das ist alles nur das Sahnehäubchen, Schatz."

Aubreys sofortige und offensichtliche Erleichterung ließ ihn kichern.

„Bist du sicher, Luke?", fragte sie und drehte ihre Hand, um ihre Finger mit seinen zu verschränken.

„Ich bin mir ziemlich sicher. Du wirst das Haus

mögen, lass uns das Haus mieten und es mit all unseren Möbeln und Klamotten füllen … und vielleicht ein paar Kindern für diese tollen Schulen, hm?"

Aubrey wurde wieder rot, aber ihre Lippen bogen sich zu einem sanften Lächeln.

„Das hört sich gut an", flüsterte sie und umfasste seinen Kiefer und berührte mit ihren Lippen die seinen.

Lukes Handy vibrierte und ließ sie beide zusammenzucken. Er seufzte, als er eine Nachricht von seinem Bruder Gavin sah.

Finn und Noah haben das immer noch nicht besprochen. Ich kann sie nicht einmal zusammen in ein Zimmer stecken, sagte der Text. Ein weiteres Vibrieren kündigte eine weitere Nachricht an. Diese sagte: *Könnte wirklich die Hilfe meines ältesten Bruders hier gebrauchen…*

Luke sah zu Aubrey hoch und ein merkwürdiges Lächeln überkam seine Lippen.

„Was hältst du von einem kurzen Trip nach Montana?", fragte er.

KAPITEL 2

*L*uke stand auf der Veranda der Lodge und starrte in die Dunkelheit. Es fühlte sich so merkwürdig an, wieder hier zu sein. Es war so ruhig und friedlich. Das Gelächter seiner Freundin kam aus dem Wohnzimmer, wo Lukes Mutter sie ohne Zweifel gut unterhielt mit einer Menge an peinlichen Kinderfotos von Luke und seinen Brüdern. Obwohl er nie an Aubreys Wert gezweifelt hatte, hatte die Tatsache, dass sie und seine Mutter sich sofort gut verstanden hatten, etwas tief in seinem Bewusstsein gelöst.

Bei all der Großzügigkeit, Stärke und Schönheit seiner Gefährtin konnte sie manchmal hart sein. Nicht, dachte Luke, ganz so wie Genny Beran selbst. Eine Weisheit sagte, dass Männer am Ende ihre Mütter heirateten. Als er Aubrey und seine Mutter zusammen sah, konnte er dieses Gefühl verstehen. Sie waren beide eigensinnig aber dennoch hilfsbereit, süß aber auch streng, gebend und fordernd.

Luke spannte sich an bei dem Geräusch von

nackten Füßen hinter sich. Er zwang sich, ruhig zu bleiben, erinnerte sich daran, dass dieser Ort sicher war. Und dann fand er Noah direkt hinter sich stehend.

„Laufen wir?", fragte Luke seinen Bruder.

Noah zog eine Augenbraue hoch. Er war wahrscheinlich überrascht, weil Luke normalerweise alles gerne alleine machte. Noah nickte und zuckte mit den Achseln und dann traten sie beide von der Veranda. Das vertraute Geräusch des Knackens und Schnappens und Knirschens erklang leise in der Nacht als beide sich verwandelten und als zwei riesige Grizzlys nebeneinander standen.

Luke begann zu laufen und lief zu einer beliebten Stelle nur ungefähr eine Meile entfernt. Noah lief neben ihm; sogar in seiner Bärenform konnte Luke sehen, dass ihn etwas beschäftigte. Die Spannungen mit Finn schien ihn zu zermürben.

Luke nahm den langen Weg und umkreiste eine Felszunge, welche die Beran Jungen als Kinder geliebt hatten. Direkt darunter befand sich ein kleiner Teich, ein Ort, den sie in den Sommermonaten oft besucht hatten. Jetzt jedoch versuchte Luke mit Noah zu sprechen und versuchte die Dinge zwischen ihm und Finn zu klären. Er kannte die Zwillinge, seit sie auf der Welt waren und Luke hatte keine Zweifel, dass es irgendwie Noah war, der für den Grund des Streits verantwortlich war. Es lag einfach nicht Finns Natur, Streit mit seinem Bruder anzufangen.

Luke verwandelte und streckte sich und schüttelte die Nachwirkungen der Verwandlung ab. Er streckte sich auf die andere Seite des breiten, flachen Steins aus und legte sich auf den Rücken und starrte die Sterne an. Noah fand ein paar Meter entfernt eine Stelle und legte sich hin und verschränkte seine Hände unter seinem Kopf, während er in den sternenvollen Himmel anschaute.

Lange Zeit sprach keiner von ihnen. Luke war zufrieden zuzuhören und zu schauen, er war ganz in die Schönheit der Natur getaucht, die er so sehr vermisste, sobald er in die Stadt kam, in jede Stadt. Er fühlte Noahs Atem und er wusste, er musste etwas sagen, wenn er mit seinem Bruder sprechen wollte, ehe Noah einschlief.

„Wusstest du, dass Pa einen Zwillingsbruder hat?", fragte Luke. Er schaute nicht zu Noah herüber, aber er konnte sehen, dass sein Bruder nicht länger mehr döste.

„Nein", sagte Noah nach einem langen Moment der Stille, seine Stimme klang angespannt. Irgendwie schien er zu wissen, worüber Luke mit ihm sprechen wollte und er war schon dickköpfig genug bei dem Thema.

„Hör mich an. Ich bitte dich nicht um viel", bestand Luke darauf. Als Noah immer noch still und ruhig war, fuhr er fort. „Pa hatte einen Zwilling, ein paar Minuten älter als er."

Mehrere Sekunden vergingen.

„Hatte?", fragte Noah und seine Neugier gewann die Oberhand.

„Hatte. Ich kenne nicht die ganze Geschichte, aber Tante Lindsay hat gesagt, dass sie irgendeinen Streit wegen einem Mädchen hatten. Pa und Jericho waren beide so stur, hat Tante Lindsay gesagt, dass das nur noch das I-Tüpfelchen war. Jericho ist gegangen und hat das Mädchen mitgenommen und ist nie wieder zurückgekommen. Oma Anne hat einmal im Jahr an Weihnachten eine Postkarte von Jericho bekommen und das war alles."

Noah schien Lukes Wörter eine Minute lang zu bedenken.

„Das ist eine traurige Geschichte", sagte Noah schließlich.

Luke setzte sich hin und starrte Noah mit hartem Blick an.

„Ich versuche hier, Parallelen zu ziehen, Noah. Pa war der dominantere Zwilling, genauso wie du. Ich nehme an, er war genauso schrecklich wie du auch."

„Und das ist deine Angelegenheit, weil …?" keifte Noah.

„Es ist meine Angelegenheit, wenn du ein Mitglied dieser Familie vertreibst. Ich weiß nicht, was du getan hast, dass Finn so wütend ist, aber du machst es besser rückgängig, und zwar schnell", sagte Luke.

„Ich kann nichts ungeschehen machen, was ich nicht verstehe", sagte Noah und stand auf. Luke stand ebenfalls auf und schüttelte seinen Kopf.

„Er wird auch nicht für immer warten, und dich ansehen, als wenn du der einzige Stern im Himmel bist. Du musst mit ihm reden und herausfinden, was los ist. Ich will die Angelegenheit geklärt haben, ehe ihr alle nach St. Louis geht."

Noah grunzte, und drehte sich um, er verwandelte sich mit einem weichen Sprung und landete in seiner Bärenform. Luke zuckte zusammen, wissend, dass so eine prahlerische Verwandlung ziemlich schmerzvoll war. Noah lief, ohne anzuhalten davon, obwohl er ein wenig humpelte. Luke spottete nur und dachte, dass dieser Moment Noah Beran perfekt beschrieb.

KAPITEL 3

*N*oah Beran rutschte unruhig auf dem engen Flugzeugsitz hin und her und versuchte sich auf den angeschalteten Bildschirm vor ihm zu konzentrieren. Die Stimme seiner Eltern und seines Bruders erhoben sich und verebbten um ihn herum, sie klangen in sein Bewusstsein trotz der Tatsache, dass er Kopfhörer aufhatte und die Musik leise spielte.

Er hob die Armlehne hoch, die sich zwischen seinem und dem leeren Platz neben ihm befand, froh darüber, dass seine Eltern den ersten Klassebereich des Flugs von Billings nach St. Louis gebucht hatten. Es war eine belanglose Geste, wenn man die seltsamen Forderungen, die sein Vater seit Kurzem machte, bedachte. Zumindest konnte er sich so ein wenig während des Flugs ausstrecken und ein wenig arbeiten. Es gab Noah auch die Möglichkeit, ein lang überfälliges Gespräch mit seinem Zwillingsbruder Finn zu führen.

Dieses Gespräch würde stattfinden, es wäre nicht zu vermeiden. Aber nach dem Beschluss des Alpharats, dass alle verfügbaren Berserker Bären Partner nehmen sollen, konnte Noah leicht verschwinden und die Einsamkeit zu suchen. Das erste große kulturelle Ereignis, um die Verkupplung zu ermutigen, war ein großes Fest im Schuppen von seinen Eltern in der Red Lodge gewesen und hatte Noah für eine ganze Woche entlastet. Und jetzt saßen sie hier im Flugzeug und reisten zu einer zweiten riesigen Kennlernparty, weitere Alphafamilien, noch mehr wählbare Frauen und wenn das Universum gnädig war, gäbe es eine weitere offene Bar, an der Noah das ganze bescheuerte Szenario vergessen konnte.

Noah schaute sich nach seiner Familie um: Seine Mutter und sein Vater saßen hinten, und schienen in eine hitzige Diskussion verwickelt zu sein. Ohne Zweifel versuchte Genny Beran ihrem Partner etwas einzureden, was gemäßigt und vernünftiger schien, was immer das Thema auch war und Josiah widerstand dem mit all seiner Willenskraft.

Gavin und Finn standen halb in ihren entsprechenden Sitzen gegenüber dem Gang von Noah und unterhielten sich nett miteinander über die Sitze hinweg. Als die beiden Brüder, die am nächsten von ihrem Elternhaus wohnten, sahen sie sich öfter als der Rest der Beran Männer.

Camerons großer Fuß ragte ein paar Reihen vor Noah hervor. Er lag im Sitz und kämpfte zweifellos mit großer Übelkeit. Cam war immer luftkrank, seekrank und ihm wurde im Auto schlecht schon von Geburt an, etwas was Noah lustiger und lustiger fand, je größer und dominanter Cameron mit jedem Jahr wurde. Ein großer, muskulöser Bärverwandler, der grün an den Kiemen aussah, war total lustig, besonders für seine genauso großen muskulösen Berserker Brüder.

Noah zwinkerte und sein Blick ging zurück zu seinem Laptop. Er scrollte durch ein Dutzend Fotos seines letzten Auftrags, ein langwieriger Aufenthalt in Libyen mit dem Ziel, das zu einzufangen, was sein Redakteur humorvoll „die wirklich herzzerreißenden Momente im Film" nannte. Noah arbeitete jetzt fast ein Jahrzehnt für die Tribune. Er hatte ganz unten angefangen mit dem Schießen von B-Rollen auf Flusseln, Geschichten über Feuerwehrmänner, die Katzen retteten und Damen, die immer auf der Jagd nach dem neuesten Schnäppchen waren. Jetzt hatte ihm die Tribune einen Ort zugewiesen und ihn dort hingeschickt, wissend, dass er mit der Ware zurückkehren würde. Eine lange, bewegende Geschichte über Armut und Vergebung. Lebendige Fotos von heiligen kulturellen Ereignissen. Noah wusste, was die Redakteure liebten; er hatte mehrere Kisten mit Journalismus-Preisen im Wohnzimmer seiner fast leeren Wohnung in L.A. stehen, die seine Fähigkeit und seinen Wert bewiesen.

Noah schloss seine Augen und lehnte seinen Kopf in den Nacken und hielt ein wütendes Seufzen zurück. Er ließ die Musik in seinen Kopfhörern ihn überwältigen und die Geräusche seines Lieblings Arcade Fire Albums lullten ihn ein. Er hatte in letzter Zeit nicht gut geschlafen. Nein, streich das. Er hatte seit dem letzten Jahr nicht mehr gut geschlafen, seit dieser Laos Auftrag schlecht ausgegangen war.

Er drückte die dunklen Gedanken weg, die aufsteigen wollten, Noah zögerte, als er spürte, wie der Sitz neben ihm sich herunterdrückte. Er öffnete seine Augen und wusste bereits, was er sehen würde: sich selbst, eine genaue Reflexion von sich selbst. Wer brauchte einen Spiegel, wenn man einen identischen Zwilling hatte?

„Finn", sagte Noah und hielt seine Stimme unter Kontrolle. Er zog seine Ohrstöpsel heraus und machte seinen Laptop zu.

„Großer Bruder", stimmte Finn mit einem Grinsen an.

„Nur um sieben Minuten", erwiderte Noah und entspannte sich, während er in den Rhythmus der Brüderschaft glitt, den er seit der Geburt kannte. Noah schaute Finn an und bemerkte, dass sein Bruder sein dunkles Haar nahe an seine Kopfhaut gekämmt hatte. Noah bevorzugte sein Haar kurz an den Seiten und oben länger. Er ließ die sonnengebleichten, kastanienfarbenden Locken in einen stylishen, strubbeligen Look wachsen, den die Frauen zu mögen schien.

Sie hatten dieselben breiten, dunklen Augenbrauen, dieselbe fein gemeißelte Nase und das strenge Kinn. Beide hatten ein breites blitzendes Lächeln, das die Frauen liebten, besonders wenn Noah und Finn nebeneinander saßen. Obwohl Noah Stunden unter der starken Äquatorsonne verbracht hatte, hatten er und Finn dieselbe gebräunte Haut. Sie waren groß und muskulös, weniger breit als ihre muskulösen Brüder, ihre Arme und Beine und Hände waren eleganter als die von Luke oder Gavin oder Wyatt. Bei kleineren Männern schien das vielleicht drahtig, aber Noah und Finn waren einfach schlank.

Und dann gab es noch Noahs beste Eigenschaft und so auch Finns: Die lebendigen blaugrünen Augen, genau die Farbe des Ozeans vor einem Sturm, Pupillen eingefasst in einem Hauch von kanariengelb. Wenn Noah glücklich war, zogen seine Augen Menschen in Strömen an. Seine Wut stieß die meisten weg, wenn seine Augen vor Wut blitzten. Wenn es um Ausdruck und ums Herz ging, dann lag das bei den Männern der Beran Familie alles in den Augen.

Noah schloss seine Augen kurz und wunderte sich über diese genetische Eigenschaft, die nicht nur sein Zwillingsbruder besaß, sondern seine ganze Familie.

„Du siehst erschöpft aus. Sicherlich nicht das Ergebnis vom Fliegen, denn du bist der Weltreisende in der Familie", sagte Finn und schüttelte seinen Kopf. Noah öffnete seine Augen und fühlte seinen eigenen Kopf auf die Seite fallen und die Bewegungen seines Bruders nachmachen. Ein weiterer nerviger Zwillings- faktor war, dass keiner von ihnen in der Lage zu sein schien, zu zittern. Egal wie weit sie voneinander entfernt waren.

„Ich habe nicht gut geschlafen", erwiderte Noah und richtete sich aus seiner gespiegelten Haltung.

„Mann, seit Papa uns gesagt hat, dass der Alpharat uns quasi verheiratet hat, wälze ich mich nur noch im Bett rum."

„Wirklich? Seit ich mir mit dir die letzten Nächte das Zimmer teile, habe ich noch nichts bemerkt", sagte Noah. Er musste sich keine Sorgen machen, dass Finn seinen Sarkasmus nicht verstehen würde; anders als jede andere Person auf der Welt las sein Zwilling seinen Ton immer korrekt.

„Hey, es ist nicht meine Schuld, dass Ma dein Zimmer in ein Töpferzimmer verwandelt hat. Du bist derjenige, der seit zwei Jahren nicht mehr regelmäßig nach Hause kommt."

Noah hörte die offensichtliche Anschuldigung im Ton seines Bruders, obwohl es vielleicht freundlich und lässig klang, für alle die zuhörten. Er warf Finn ein schwaches Lächeln zu und schüttelte seinen Kopf.

„Ich war beschäftigt", antwortete Noah schulter-
zuckend.

„Du hast viel verpasst", informierte Finn ihn und
lehnte sich in seinen Sitz und schaute nach vorne.

„Ja? Was denn? Kühe werden geboren, Pferde sterben, der US-Präsident blamiert das Land ..." Noah
winkte abweisend mit der Hand.

„Ja. Weil nichts Interessantes in der Red Lodge
passieren kann. Das Einzige was es wert macht dort
hinzukommen, ist dort draußen, in der weitläufigen
Gegend", sagte Finn und wandte seine Hand genauso
wie Noah.

„Finn ..."

„Mach dir keine Sorgen, Noe", sagte Finn und ließ
Noah bei der Nutzung seines Spitznamens aus der
Kindheit zusammenzucken. „Wir wissen alle, dass du
zu beschäftigt und zu wichtig bist, um nach Hause zu
kommen. Oder um zu mailen oder anzurufen. Oder zu
texten. Mama hat dir ja das Satellitentelefon nicht aus
dem bestimmten Grund gekauft, damit du uns von
überall in der Welt kontaktieren kannst."

„Das Telefon ist tot. Seit vier Satellitentelefonen
schon. Manchmal habe ich lange keinen Strom für
Lichter im Inneren, erst recht nicht, um ein Telefon
oder Laptop einzustöpseln. Libyen ist zu sehr damit
beschäftigt für die Freiheit von staatlicher Unterdrü-
ckung zu kämpfen. Einige Menschen haben größere
Sorgen als andere."

Finn schnaubte.

„Genau. Du bist ein Massetrenner, ein Abenteurer,
der die Welt mit einem Tribune Artikel rettet. Und hier
ist der Rest von uns, der einfach untätig herumsitzt."

„Das habe ich nicht gesagt", keifte Noah.

„Du sagst nicht viel im Moment. Ich höre mehr von

Luke als von dir und er hat im Krieg gekämpft. Wort-wörtlich."

„Wir müssen alle unseren Weg gehen", sagte Noah.

„Ja. Dein Leben ist äußerst erfolgreich, schnelllebig und meins ist langweilig und bedeutungslos. Das habe ich verstanden."

Noah schaute herüber und merkte, dass sein Bruder wieder einmal in derselben Haltung saß wie er. Verschränkte Arme, zusammengepresster Kiefer und nach vorne starrend, als wenn er Löcher in die Sitze vor ihnen brennen würde.

„Noah!", rief seine Mutter. Noah sackte vor Erleichterung in seinem Sitz zusammen. Er wollte nicht wirklich mit Finn streiten und jetzt wo er angefangen hatte, wusste er nicht, wie er es enden sollte. Sollte er sich dafür entschuldigen, wie er sein Leben lebte und die Red Lodge hinter sich gelassen zu haben? Es schien verrückt.

„Die Pflicht ruft", sagte Noah und erhob sich und schob sich an Finn vorbei zum Gang. Sein Vater war nach vorne gegangen, um mit Gavin zu sprechen, also ließ sich Noah in den leeren Sitz neben seiner Mutter fallen.

„Ma'am", antwortete Noah. Seine Mutter warf ihm ein sanftes Lächeln zu und legte ihre zarte Hand über seine. Sie berührte ihn immer, wenn er zu Hause war, als wenn sie unsicher war, ob er echt war oder nicht.

„Okay, hör zu. Über diese Kennlernparty, wo wir hinfliegen", sagte Ma und warf ihm einen suchenden Blick zu.

„Oh, ja. Die tolle Stadt St. Louis. Wie man es nimmt", sagte Noah und unterstrich seine Worte mit Shakespeare.

„Ich will, dass du dem eine Chance gibst, ja? Ich habe etwas Besonderes für dich arrangiert."

Noah runzelte die Stirn.

„Und was könnte das vielleicht sein? Eine Tour zur Gateway Arch vielleicht?"

Ma lachte und schüttelte ihren Kopf und weigerte sich, seine Worte als unfreundlich zu betrachten.

„Nein, besser als das, ich habe dir eine Journalistin gefunden", sagte sie.

„Eine Journalistin."

„Ja, die Tochter von Alpha Krall."

„Ist sie das TV Wetter Mädchen oder so?", fragte Noah argwöhnisch.

„Nein, sie berichtet über Politik. In Washington D.C.", antwortete seine Mutter und warf ihm einen strengen Blick zu.

„Politik, hm?", Noah war berührt, dass seine Mutter überhaupt an ihn gedacht hatte, wenn man bedachte, dass sie fünf andere Söhne hatte und die meisten von ihnen ab und zu nach Hause kamen.

„Ja, sie heißt Abby und sie soll sehr schön und sehr klug sein. Deine Tante Susan kennt den Krall Clan ziemlich gut und als sie mir von Abby erzählt hat, habe ich an dich gedacht."

Noah hatte überhaupt kein Interesse daran, von seiner Mutter und seiner Tante Susan verkuppelt zu werden, aber er würde nicht unhöflich sein. Zumindest hätte er so vielleicht jemanden Interessantes mit, der er auf der Kennlernparty sprechen könnte.

„Danke, Ma", sagte er und lehnte sich hinüber, um sie zu umarmen.

„Ich will, dass du dich an Finn hältst während der Party", befahl sie und zeigte mit einem strengen Finger auf ihn.

„Damit ich keine Probleme mache?", fragte Noah. Ein Witz … größtenteils.

Ma warf ihm einen ungemütlichen Blick zu, Sorge war in ihrem Blick zu lesen.

„Es ist besser für euch beide, wenn ihr zusammenseid, nicht dass einer von euch das verstehen würde", spottete sie.

„Aha, also soll ich diesmal auf Finn aufpassen", neckte Noah. Seine Mutter rollte ihre Augen und seufzte.

„Tu es einfach, wenn ich dich schon einmal drum bitte."

„Für dich tu ich alles, Ma", versprach Noah mit einem Kichern.

Die Lichter gingen plötzlich oben an, die Anschnallzeichen erschienen überall in der Kabine.

„In dem Fall kannst du meinen Koffer tragen, wenn wir zum Gepäckband kommen", sagte sie und streichelte seine Hand. „Also los!"

Noah widerstand dem Drang mit seinen Augen zu rollen, während er sich anschnallte und darauf wartete, dass das Flugzeug in St. Louis landete.

KAPITEL 4

*C*harlotte Krall hielt am Parkplatz neunzig Meter von dem Steinbogen der Hilton Grand Hall entfernt an und schaute auf die Wörter *St. Louis Union Station*, die über dem Eingang standen. Das Anwesen der großen Berserker Party, die sie heute Abend besuchten ... wenn Charlotte sich überwinden konnte hineinzugehen.

„Du warst noch nie hier?", fragte Abby. Charlotte befeuchtet ihre Lippen, während sie ihre schöne brünette Cousine anschaute und ihren Kopf schüttelte.

„Noch nie", gab Charlotte zu.

„Es ist toll. Es wird dir gefallen", sagte Abby selbstbewusst, während sie ihren Arm um Charlotte legte und ihre Cousine mitzog.

„Warte, warte!", sagte Charlotte widerstrebend. „Ich ... wie sehe ich aus, Abby?"

Abby zog sich mit gespielter Ernsthaftigkeit zurück und inspizierte Charlotte von Kopf bis Fuß. Abby hielt ihre Finger hoch und hakte Charlottes körperliche Vorzüge ab, während sie weitergingen.

„Lass mal sehen … 1,70 m weibliche Kurven, check. Taillenlanges aschblondes Haar, gestylt wie eine Löwenmähne … check. Sexy rotes Kleid im Fünfziger Jahre Stil, das an allen richtigen Stellen passt, ohne zu viel zu zeigen … check. Hammer schwarze Stöckelschuhe und Tasche … Doppel check. Dein Make-up sitzt perfekt, das ganze Ding hier ist doch für mich", sagte Abby und deutete mit einer Hand, auf Charlottes Person. „Was ist los?"

Charlotte seufzte.

„Wir gehen gleich zu DEM Event der Herbstsaison, wo jeder einzelne Berserker wartet. Inklusive des Mannes, den dein Vater mit dir verkuppeln will", sagte Charlotte. „Derjenige, den ich aus dem Konzept bringen soll, um sich in mich zu verlieben, sodass er dich nicht aus Versehen bei deinen Eltern outet? Und schau dich mal an! Es wird nicht einfach."

Abby presste ihre Lippen aufeinander und schaute an sich selbst herunter, ihre schlanken Kurven steckten in einem stylishen weißen Hosenanzug und hellen roten Stöckelschuhen. Mit zwinkernden Augen gab sie Charlotte ein förmliches Schulterzucken.

„Ich kann nichts dafür, dass ich so schön bin", neckte Abby. „Und mit der Persönlichkeit, die dazu passt …"

Sie hängte sich bei Charlotte ein und zog sie wieder in Richtung Eingang.

„Na ja, all die Männer hier werden ziemlich enttäuscht sein, wenn du nicht mit einem von ihnen nach Hause gehst. Wenn sie wüssten, dass du vom anderen Ufer bist, wären sie so traurig", sagte Charlotte zu Abby. Abby lachte und drückte Charlottes Arm.

„Nicht so traurig, wie meine Eltern es wären, das

versichere ich dir", Abbys Ausdruck war ernüchternd.

„Danke, dass du das für mich machst, Charlotte. Ich bin noch nicht dazu bereit, meinen Eltern zu sagen, dass ich nur an Frauen interessiert bin. Ich glaube, das würde meine Oma umbringen."

„Ich glaube, du solltest ihr ein wenig mehr vertrauen, Abs", sagte Charlotte und drückte Abbys Arm zurück.

„Vielleicht. In jeder Hinsicht wissen sie nichts und ich bezweifle, dass jetzt die richtige Zeit ist, es ihnen zu sagen. Meine Mutter hat vor, mich mit irgendeinem Typen zu verkuppeln …"

Abbys Stimme verlor sich, als sie in die Union Station traten.

„Wow …", sagte Abby.

Der Ort war riesig; Gewölbte Decken aus Elfenbein und Gold ragten dreißig Meter in die Höhe, und der Raum war so groß wie ein halbes Fußballfeld. Ausgedehnte Bögen in einem Hauch von tiefem Grün und Teakholz, die mit dem vergoldeten Stil der Station verziert waren, Mosaike und Wandgemälde, die sich zu einer auffälligen Hommage an Art Deco verschmolzen. An einem Ende befand sich ein riesiges Buntglasfenster, das drei wunderschöne Frauen zeigte, die alle geruhsame Posen darstellten.

Am anderen Ende der Halle befand sich eine glänzende Marmorbar, Barkeeper in Tuxedo arbeiteten bereits dahinter und servierten Getränke für die Neuankömmlinge. Ein Bereich der Halle beinhaltete ein kleines Meer an rubinroten Velourstühlen, Chaiselonguen und Sofas; ein weiterer Bereich war frei, um als Tanzfläche zu dienen, vollständig mit Band und einem aktuellen DJ Pult.

„Das ist doch mal was", murmelte Charlotte und

ging hinein, als sie bemerkte, dass andere direkt hinter ihr hineingingen.

„Sie haben viel verändert, seit ich das letzte Mal da war", bemerkte Abby.

Charlotte entdeckte Jared und Lindsay Krall, Abbys Eltern in einer Gruppe von Berserkern mittleren Alters. Wahrscheinlich die Männer, welche die Entscheidung getroffen hatte, allen verfügbaren Berserkern Partner aufzudrücken, egal ob sie das wünschten oder nicht. Der Alpharat sponserte dieses Ereignis, aber die Kralls hatten sich um all die Einzelheiten gekümmert. Lindsay hatte bereits Abby und Charlotte entdeckt und winkte ihnen, um sich mit ihnen zu unterhalten.

„Lasst uns etwas trinken, ehe Mutter uns dazu drängt in irgendein dummes Gespräch einzusteigen, das sie führt", sagte Abby und griff nach Charlottes Hand und zog sie durch die Halle in Richtung Bar. Der Raum begann sich jetzt zu füllen, mehr und mehr Gruppen von Verwandlern kamen an. Sobald sie Getränke in ihren Händen hatte, entdeckte Abby jemanden im Raum und wurde munter. „Da ist sie!"

„Da ist wer?", fragte Charlotte und nippte an ihrem Gin und Tonic.

„Die einzige andere lesbische Berserker, die es gibt, glaube ich", sagte Abby und neigte ihren Kopf in Richtung einer großen, athletischen Rothaarigen, die ihren Kopf zurückwarf, um ein lautes kehliges Lachen hören zu lassen. „Marleigh Kinnear aus Vermont. Sie ist ziemlich sexy oder?"

„Das ist sie!", stimmte Charlotte zu. „Du sprichst am besten mit ihr. Vielleicht könnt ihr beide etwas Schlaues ausarbeiten, hm?"

„Hmm", murmelte Abby und trank den Rest ihres

21

Whiskey Sours in einem langen Schluck aus. „Ich glaube, ich werde deinen Rat annehmen, Cousinchen."

Damit ging Abby mit gestrafften Schultern und erhobenen Hauptes. Charlotte kicherte schon fast, wie auf dem Weg mehrere Männer anhielten, um Abby anzustarren, während sie durch den Raum ging. Sie schaute zu, wie Abby sich hinüberlehnte und etwas zu Marleigh sagte, die lachte und schon bald befanden Abby und Marleigh sich auf einer der Chaiselongues und waren in ein langes Gespräch verwickelt. Charlotte seufzte und lehnte sich gegen das schimmernde, perlmuttfarbene Marmor der Bar und nahm einfach die Schönheit dieses Ortes in sich auf.

„Und zu wem gehören Sie?", erklang plötzlich eine tiefe Stimme hinter Charlotte. Sie drehte sich um und fand einen silberhaarigen Mann in einem dunklen Anzug vor sich. Sie konnte ihn nicht zuordnen, denn fast jeder ältere Mann hier war silberhaarig und in einem dunklen Anzug gekleidet.

„Zu den Kralls", erklärte Charlotte ihm. „Charlotte Krall, Nichte des Alpha Jared Krall."

„Josiah Beran", antwortete der Mann und streckte ihr seine Hand hin. Sie schüttelte sie und bemerkte dabei, dass sein Griff überraschend schwach für seine Größe war. Der Mann war fast 2m groß und sah sehr gesund aus, aber seine Hand zitterte, als er sie losließ.

„Beran … Oh, Sie und Ihre Partnerin haben die erste Kennlernparty veranstaltet! Abby sagte, es war sehr schön", sagte Charlotte.

„Sie waren nicht da", sagte Josiah. Eine Feststellung keine Frage. Als wenn er sich dann an sie erinnert hätte. Die feinen Haare an Charlottes Nacken sträubten sich, als wenn sie sich fragte, ob Josiah vielleicht tatsächlich mit ihr *flirtete*. In dem Moment dämmten sich die Lichter in der großen Halle und ließen die Versammlung noch privater erscheinen.

Über ihnen bemalten Scheinwerfer die Gold- und cremefarbende Wand mit lebendigen, malvenfarbenen Schatten und die sieben-Mann-Band begann, „Jump, Jive and Wail" zu spielen.

Charlotte schaute Josiah Beran an und räusperte sich und sprach laut, damit sie die Band und die Gespräche der anderen Berserker übertönte.

„Hm, nein ... Mein Vater ist kein Alpha. Ich bin hier, um meine Cousine Abby zu unterstützen, Jared und Lindsays Tochter", sagte Charlotte und nickte zu ihrer Cousine. Josiah drehte sich um und schaute Abby lange an, ehe er die Schultern zuckte und seine Aufmerksamkeit wieder Charlotte zuwandte. Charlotte war überrascht, denn für die meisten Männer war Abby zu schön und einnehmend, um so einfach übersehen zu werden.

„Komm mit", sagte er und streckte seine Hände aus und griff Charlotte an der Taille. Charlotte zögerte zuerst, gründlich von seinem schroffen, fordernden Auftritt abgeschreckt, aber sie dachte, es wäre unhöflich, ihm körperlich zu widerstehen. Sie ließ sich also von ihm mitziehen, ihre Augen wurden groß, als sie erkannte, dass er zur Tanzfläche ging.

Sicherlich würde dieser ältere Alpha nicht wirklich versuchen mit ihr zu tanzen? Charlottes Puls schlug schneller und sie wurde rot vor Unbehagen. Vielleicht hatte Josiah Abby zu Gunsten Charlottes abgelehnt, weil er gespürt hatte, dass sie sanfter war und ein einfacheres Ziel war für ... naja was immer er auch vor hatte?

Josiah hielt an einer Seite der Tanzfläche an und starrte einen jüngeren Mann an, der alleine herumstand und die Tanzfläche beobachtete. Ein Blick zwischen ihnen ließ Charlotte sicher sein, dass sie verwandt waren; das dunkle gute Aussehen und die hellen blauen Augen sahen Josiahs zu ähnlich, um nicht blutsverwandt zu sein.

„Das ist Charlotte", sagte Josiah zu dem Mann und sie tauschten einen Blick aus.

„Charlotte, das ist mein Sohn Finn."

Finn erhob sich von seinem Sitz, 2 m groß, dunkel und unglaublich gutaussehend. Er trug einen schicken schwarzen Anzug und eine Krawatte mit einem frischen, weißen Hemd, alles perfekt maßgeschneidert für seinen schlanken, muskulösen Körper. Sein dunkles mahagonifarbenes Haar war kurz geschnitten, aber modern, sein Gesicht war unter dunklen Augenbrauen steinig, und er war tief gebräunt.

Charlotte öffnet ihren Mund, aber Finn streckte einfach seine Hand aus.

„Nett dich kennenzulernen, Charlotte. Möchtest du gerne tanzen?", fragte er.

Charlottes Mund klappte auf, als Josiah hinter ihr trat und ihr einen leichten aber unmissverständlichen Schubs gab, und sie gegen Finn stolperte. Finn erwischte sie mit Leichtigkeit, ein verschmitztes Lächeln erhellte sein Gesicht, als sich seine Hände um ihre Unterarme schlossen. Charlotte zitterte bei seiner Berührung, ein bestimmtes Feuer- und Eis Gefühl breitete sich auf ihrer Haut aus.

Charlotte schaute zu Finn hoch ein leichtes Lächeln auf ihren Lippen.

„Das ist kein gutes Zeichen zum Tanzen oder?", witzelte sie.

„Darüber würde ich mir nicht zu viele Sorgen machen", antwortete er und seine Augen blitzten vor

Übermut. Sie bemerkte, dass es sich um die schönsten Grüntöne handelte, eine ozeanische Färbung, die ein dünnes, leuchtend gelbes Band um seine Iris legte.

Die Band spielte eine mittelschnelle Melodie, die Charlotte erkannte, etwas Leichtes für sie, zum Anfangen. Finn führte sie mit geübter Leichtigkeit auf die Tanzfläche, er legte eine große Hand auf ihre Hüfte und eine weitere auf ihre Schulter. Charlotte machte dasselbe, Schmetterlinge flatterten in ihrem Bauch.

Finn warf ihr ein breites Lächeln zu, während er sie durch die Tanzschritte führte, einen einfachen Box Schritt. Der Ausdruck auf seinem Gesicht und die ehrliche Fröhlichkeit in seinen Augen, machte es Charlotte leicht, sich zu entspannen und sich selbst zu genießen. Es kam nicht oft vor, dass sie mit jemanden so gutaussehenden zu tun hatte wie Finn Beran und wenn das passierte, war es selten ein angenehmes Erlebnis. Männer wie Finn liefen nicht überall auf den Bürgersteigen von St. Louis herum und diejenigen, die Charlotte traf, waren normalerweise viel zu eingebildet für ihren Geschmack. Bis jetzt hatte Finn sich als rechte Überraschung erwiesen.

„Du bist wirklich gut darin!", sagte Charlotte und grinste Finn an.

„Meine Mutter hat uns allen beigebracht zu tanzen", sagte er und ein Grübchen erschien auf seiner Wange.

„Deinen Brüdern und Schwestern?"

„Brüder. Alle sechs."

„Sechs von dir! Gott!", rief Charlotte aus. Sie konnte sich nicht vorstellen, dass es sechs Finns gab, die in der Welt herumliefen, Herzen brachen und Probleme machten.

„Oh ja. Sie hat es uns allen in der siebten Klasse

beigebracht, das hat ihr ein paar Jahre Pause zwischen den Unterrichtsstunden gebracht", sagte sie. „Sie hat uns allen gesagt, dass es uns helfen würde, Freundinnen zu finden, das war der einzige Weg, damit jeder von uns mitmachte."

„War das so? Hat es geholfen, meinte ich", sagte Charlotte.

„Nicht in der Mittelschule, das nicht. Zumindest nicht für mich."

Charlotte warf ihm einen nachdenklichen Blick zu, und dachte, dass er wahrscheinlich in der siebten Klasse ziemlich beliebt gewesen war. Sie tanzten und redeten für fast eine halbe Stunde und hielten die Themen leicht und neutral. Charlotte bemerkte, dass sie das Gespräch führte, so wie Finn sie beim Tanzen geführt hatte; er war sehr süß und schneidig, aber ein wenig reservierter, als es ihr normalerweise bei einem Mann gefiel. Er schaute auch weiterhin über ihre Schulter in eine entfernte Ecke des Raumes, Charlotte hatte den klaren Eindruck, dass er nach jemanden suchte und sie konnte nicht anders, als anzunehmen, dass es irgendeine Frau war, die er entdeckt hatte. Soweit sie wusste, hatte Finn bereits eine Freundin.

Nach ein paar Minuten seufzte Charlotte und trat zurück.

„Ich werde mal zur Toilette gehen und dann gehe ich zur Bar. Vielleicht können wir später noch einmal tanzen?", fragte sie.

„Klar", antwortete Finn und drückte ihre Hand leicht, ehe er sie losließ. Er war wirklich mit jedem Zentimeter ein echter Gentleman und wenn sie jemals seine Mutter treffen würde, würde sie ihr ein Kompliment aussprechen, weil sie ihren Sohn so erzogen hatte. Vielleicht war Finn einen Versuch wert.

Charlotte nahm ein paar Stufen in Richtung Badezimmer und schaute zurück, nur um Finn zu sehen, der in die entfernte Ecke ging, an die Stelle, die er so sehr überwacht hatte, als sie getanzt hatten. Sie schüttelte ihren Kopf und seufzte und ging zur Damentoilette, um sich frisch zu machen.

KAPITEL 5

Sobald sie für einen weiteren Gin und Tonic an der Bar eintraf, entschied sie, dass es höchste Zeit war, Abby zu finden. Eine schöne Anstandsdame war Charlotte, weggelaufen zum Tanzen mit irgendeinem schönen Typen, anstatt Abby vor ihren unvermeidlichen Fortschritten zu schützen. Nachdem sie ein Getränk für Abby bestellt hatte, entdeckte Charlotte sie an einem Tisch in derselben Ecke, in die sie Finn hatte laufen sehen…

Wenn man vom Teufel sprach, Finn saß tatsächlich an einem Tisch mit Abby und lehnte sich nahe an sie heran, um etwas zu hören, was sie sagte. Aus irgendeinem Grund hatte er eine dunkelgraue Fedora angezogen, die in einem stylishen Winkel saß. Obwohl Charlotte im Allgemeinen Hüte bei Männern nicht mochte, schaffte Finn es, sogar noch besser darin auszusehen.

Charlotte schaute nach Marleigh, der wunderschönen Rothaarigen, die Abby vorhin aufgefallen war, aber sie sah sie nirgendwo. Charlotte lief zu ihrer

Cousine, und fühlte sich ziemlich schlecht, dass sie sie nicht vor dem einzigen Mann beschützten konnte, mit dem Charlotte die ganze Nacht geflirtet hatte. Während Charlotte zusah, lehnte Finn sich wieder nahe an Abby und sagte etwas, dass sie kichern und mit den Augen rollen ließ. Das begeisterte Interesse war auf Finns Gesicht zu sehen und Charlotte stöhnte laut.

Charlotte holte tief Luft und entschied sich in die Situation einzuklinken und ihren ganzen Charme spielen zu lassen. Sie sah eine vollbusige Blondine, die ein paar Tische weiter auf dem Schoß eines gutaussehenden rothaarigen Mannes saß. Er starrte die Blondine völlig fasziniert an und Charlotte ließ sich ein wenig von der anderen Frau inspirieren.

Als sie an Abbys und Finns Tisch ankam, warf sie ihnen beiden ein umwerfendes Lächeln zu.

„Da seid ihr ja", sagte Charlotte und lächelte breit. „Abby, ich habe dir was zu trinken besorgt. Ich habe deine Freundin Marleigh an der Bar gesehen, sie will, dass du ihr Hallo sagst."

Sie schob das Getränk über den Tisch und Charlotte warf ihrer Cousine einen bedeutungsvollen Blick zu. Abby stand auf und nahm das Getränk mit einem Grinsen.

„Ich sage dann besser hallo", sagte Abby und ging.

Als Finn Anstalten machten ihr zu folgen, stellte Charlotte ihr Getränk ab und ging um den Tisch herum, legte ihre Hand auf seine Schulter, um ihn davon abzuhalten.

„Und wo gehst du hin? Ich dachte, wir könnten noch ein wenig mehr Zeit miteinander verbringen", stieß Charlotte aus.

Finns Augen wanderten von Kopf bis Fuß über sie. Er runzelte die Stirn und biss sich kurz auf die Lippen, eine so sinnliche Bewegung, die fast schon eine Einladung war und warf ihr ein abschätzendes Lächeln zu. Die Grübchen erschienen wieder auf seiner Wange und Charlottes Herz klopfte. Sie schaute Finn an und konnte es kaum glauben, wie sehr sich ihre Chemie in ein paar Minuten verändert hatte.

Finn streckte seine Hand aus und griff ihre Taille, strich mit seinem Daumen über die sensible Haut. Seine Augen glitzerten noch dunkler als vorher. Obwohl sie sich jetzt weniger berührten, als während ihres Tanzes, sah sie in ihm etwas, irgendeinen Hunger, der sie mutig werden ließ.

„Ich nehme an, ein wenig mehr Zeit ist fällig ...", sagte Finn. Er schaute sie mit einem vorahnenden Glühen in seinen Augen an und Charlotte spürte wie ihr Körper auf ihn reagierte, er spannte sich an und heizte sich auf.

Sie biss sich auf ihre Lippe und machte seinen vorherigen Ausdruck nach, Charlotte schlang einen Arm um seinen Nacken und glitt auf seinen Schoß. Wenn Finn überhaupt überrascht war, dann zeigte er es nicht. Finn passte seine Haltung an und drücke ganz kurz die Rundungen ihres Pos gegen seinen voll wachsamen Schwanz. Charlotte wurde rot, aber machte keine Einwände.

„Also wie hast du meine Cousine kennengelernt?", fragte Charlotte das Erste, was ihr in den Kopf kam und wurde noch röter bei ihrem Mangel an Gewandtheit.

„Meine Mutter hat uns vorgestellt. Wir sind beide Journalisten, also dachte sie, haben wir vielleicht viel gemeinsam", erklärte er.

„Ist das so? Ich hätte dich nicht als Journalist eingeschätzt. Du scheinst mehr der bodenständigere Typ zu sein", sagte Charlotte, obwohl sie das im Nachhinein selbst anzweifelte.

„Ich reise viel in der Welt herum und suche die besten Geschichten", erwiderte Finn achselzuckend. „Ich gewinne Preise und mache gutes Geld. Es gibt eigentlich keinen Nachteil."

Ein Schatten glitt über sein Gesicht beim Letzteren, aber war sofort wieder weg.

„Ich bin überrascht, dass du damit nicht früher rausgekommen bist", sagte Charlotte und wunderte sich über die Tatsache, dass sie wieder das Gespräch führen musste. Finn schien jetzt weitaus entspannter, in seinem Element und völlig im Einklang mit sich selbst.

„Ich will dich nicht überfahren oder so", neckte er. Seine Worte kamen amüsiert, aber es gab jetzt auf jeden Fall auch ein wenig Übermut in seiner Stimme. Charlotte runzelte verwirrt die Stirn.

„Du hast gesagt, du hast vorher ein einfaches Leben gelebt", sagte sie langsam. Finn zuckte die Schultern und schenkte ihr ein weiteres Lächeln, und sah dabei aus wie ein Löwe auf Beutefang. Er neigte seinen Kopf zur Seite, die Wärme seines Atems jagte über ihren Nacken. Charlotte unterdrückte ein weiteres Schaudern, jetzt begann sie ihre Entscheidung auf Finns Schoss zu sitzen zu bereuen. Sie war nicht die Art von Mädchen und jetzt bekam sie die Quittung für ihre Intrigen.

„Habe ich das? Ich bin manchmal ziemlich bescheiden", sagte er.

„Scheint so", antwortete Charlotte und die Worte waren aus ihrem Mund, noch ehe sie sie aufhalten konnte.

„Ja, na ja. Bescheiden sein ist recht langweilig, wenn du mich fragst. Ich würde mich gerne als interessanter erweisen ..." Er hielt inne, als wenn er versuchte, sich an ihren Namen zu erinnern!"

„Charlotte ...", sagte er und schien sich das Wort auf der Zunge zergehen zu lassen. Er griff wieder nach ihrer Taille und hielt sie fest, ehe sie weglaufen konnte. „Charlotte, es gibt etwas, was du nicht verstehst ..."

„Darauf wette ich, Finn Beran!" Charlotte entwand ihm ihre Hand und sprang auf und keuchte, als sie in einen sehr wütenden ... Finn rannte?

„Was zur ...", Charlotte schaute Finn an und dann hinter sich. Einer schien ziemlich wütend, der andere schien recht amüsiert zu schauen.

„Noah, zum Teufel!", rief der wütende Finn und rief die Aufmerksamkeit mehrerer Besucher auf sich. „Was zum Teufel hast du jetzt angestellt?"

Abby erschien plötzlich und zog Charlotte einen Schritt zurück.

„Noah?", keuchte Charlotte.

„Wir sind Zwillinge", erklärte Finn und sah geradezu entschuldigend aus.

„Oh!", war alles was Charlotte herausbrachte. Finns identischer Zwilling warf ihr ein Lächeln zu und nahm seine Fedora ab und zeigte sein Haar; seine zerzausten Locken waren viel länger als Finns und modern geschnitten, sodass Charlottes Finger zuckten, in der Versuchung ihn zu berühren und herauszufinden, welche Textur die dunklen Strähnen bereithielten.

Sie drehte sich mit einem finsteren Blick zu Noah und versuchte ihn zu auszuschimpfen, war sich aber nicht sicher, wie sie das tun sollte. Das Grinsen, das seine Lippen umspielte, ließ sie vor Wut und Scham rot werden, aber noch ehe sie ihn zur Rede stellen konnte, erschienen Josiah Beran und Jared Krall. Beide Alphas schauten Abby und Noah mit großem

Interesse an und Charlotte konnte sehen, wie ihre Cousine blass wurde.

„Sieht so aus, als wenn ihr euch alle gut versteht", sagte Josiah und wandte seinen Blick Charlotte und Finn zu, der ein wenig weiter entfernt stand.

„Das tun wir", knurrte Noah und bekam einen strafenden Blick von Charlotte, Abby und Finn.

„Papa …", begann Abby und Josiah schnitt ihr das Wort ab.

„Jared hat arrangiert, dass Abby und Charlotte mit euch in die Stadt gehen. Geht und schaut euch die Gewölbe an oder geht in einen Klub oder so was ihr jungen Leute halt so macht."

Abby und Charlotte wechselten einen Blick, wohl wissend, dass dies auf keinen Fall ihre Lieblingsattraktionen waren, aber beide sagten nichts. Ein kurzer Blick auf die Zwillinge zeigte Finns Unbehagen und Noahs Zufriedenheit bei der Vereinbarung.

„Okay, dann ist das so vereinbart", sagte Jared Krall und runzelte die Stirn über Abby und Charlotte, als wenn sie ihn herausfordern würden, seine Pläne fallen zu lassen. „Meine Damen die Kennlernparty wird in weniger als einer Stunde vorbei sein und keiner von euch wurde dem Risal oder Knoer Clan vorgestellt. Abby, deine Mutter wollte, dass du dich ein wenig von den Berans fernhältst."

Charlotte und Abby warfen den Beran Männer ein steifes, höfliches Lächeln zu und entschuldigten sich, um ihrem Alpha zu folgen. Sie liefen ein paar Schritte hinter ihm, um ihm ein wenig Privatsphäre zu lassen.

„Abby, du musst deinem Vater sagen, dass das mit dir und Noah nicht passt", forderte Charlotte. „Das hier gerät außer Kontrolle."

„Ich sehe kein Problem", sagte Abby mit einem

Achselzucken. „Wir müssen also jetzt mit zwei sehr gut aussehenden Männern zum Abendessen gehen. Das ist doch nicht das schlimmste Schicksal."

„Abby! Du führst jeden an der Nase herum. Josiah Beran und auch deinen Vater. Das ist nicht richtig!"

Abby griff nach Charlottes Hand, drückte sie und schaute sie ernst an.

„Charlotte, nur weil die Berans nicht die Richtigen für mich sind, heißt das nicht, dass sie nicht richtig für dich sind", erklärte sie.

Charlotte begann verunsichert zu protestieren.

„Abby, wir sind nicht hier, um jemanden für mich zu suchen! Ich bin nur hier, um deine Interessen zu verteidigen, erinnerst du dich?"

„Und ich mache dasselbe für dich. Aber diese Männer haben dich angesehen, als wenn du das Beste seit geschnittenem Brot wärst und ich werde mich nicht meinem Vater gegenüber outen, nur um dich davon abzuhalten mit einem sexy Single auszugehen, den du attraktiv findest. Du redest Unsinn."

„Abby!", rief Charlotte, aber Jared Krall drehte sich bereits um, um sie einer weiteren Gruppe von verfügbaren Berserker Männern vorzustellen.

Charlotte blieb still und lächelte, entschlossen, ihren Alpha nicht zu enttäuschen. Dennoch warf sie Abby einen bösen Blick zu und ließ ihre Cousine wissen, dass sie das Thema ihrer trügerischen Absichten noch nicht zu Ende besprochen hatten.

KAPITEL 6

*N*oah trommelte mit seinen Fingerspitzen auf die lackierte Holzplatte des Tisches und nahm das Deko aus Messing und Eiche in der Lafayette Square Weinbar in sich auf, dass die Krall Mädchen als Treffpunkt für ihr erzwungenes Doppeldate ausgesucht hatten. Obwohl Noah ursprünglich versucht hatte, den ersten Flug zurück nach Los Angeles zu bekommen, denn er hatte eine Deadline und Berge an Arbeit, die er noch erledigen musste, ließ ein teuflischer Teil in ihm ihn hierbleiben. Er wollte einfach wissen, was für ein Desaster ihr Doppeldate sein würde, sagte er sich selbst.

Noah spürte die rhythmische Vibration des Tisches von weiteren Fingerspitzen, die im selben Rhythmus trommelten, und er warf seinem Zwilling einen genervten Blick zu.

„Musst du das machen?", frage Noah und runzelte die Stirn.

Finn schaute auf seine Hand und gab Noah als Antwort ein Schulterzucken. Finn war sich seiner eigenen Nachahmung gar nicht bewusst, aber Noah hatte recht. Das war schon immer so gewesen.

Der Kellner kam mit einer guten Flasche Syrah, die Noah ausgesucht hatte, er zeigte sie ihnen und entkorkte sie, ehe er sie beide mit einem Glas für sich wieder verließ. Noah und Finn probierten beide den Wein, Noah schwenkte und roch zuerst, während Finn einen Schluck nahm und zufrieden seufzte.

„Ziemlich gut", sagte Finn und sein Blick glitt zur Tür, um einmal mehr zu überprüfen, ob die Kralls endlich angekommen waren. Sie waren schon fünfzehn Minuten zu spät und Finn mochte keine Verspätung. Ehe Noah antworten konnte, öffnete sich die Tür und Charlotte und Abby traten herein.

„Meine Güte …", murmelte Finn und Noah konnte nicht anders als ihm zuzustimmen. Abby war lässig gekleidet in Jeans und einem hauchdünnen weißen Top, genau ausreichend für den Standard der Bar. Charlotte jedoch …

Charlotte trug ein weißgrünes Kleid, das an jeder ihrer wunderbaren Kurven hing, und ihren unglaublichen Körper betonte, während es sie von Ellbogen bis zum Knie bedeckte. Ein weißer Gürtel markierte ihre Taille und ließ ihre Brüste und Hüfte noch größer und verlockender erscheinen. Die weißen Stöckelschuhe gaben ihrem Schritt ein feminines Flair und ihre Hüften wackelten, als sie Noah und Finn entdeckte und zu ihrem Tisch kam. Abby kam dahinter mit einem klaren unzufriedenen Ausdruck, obwohl Noah sie nur ungefähr eine halbe Sekunde ansah, ehe er zu ihrer sexy blonden Cousine schaute. Er bemerkte, dass ihre großen saphirfarbenen Augen mit Kajal unterstrichen waren, ein rauchiger Look, der perfekt die Proportionen ihrer Nase, Lippen und Wangen betonte.

„Meine Herren", grüßte Charlotte, als sie an den Tisch kam und ihre weiße Clutch gegenüber von Noah stellte. Ein Schatten zog über Finns Gesicht, ehe er aufsprang und Abby einen Stuhl hervorzog und Noah ebenfalls zwang, aufzustehen, und dasselbe für Charlotte zu tun.

„Tut uns leid, dass wir zu spät sind", sagte Charlotte und setzte sich an den Tisch und warf ihrer Cousine einen Blick zu.

„Kein Problem", sagte Finn und sein Ton schwankte vor Übereifer. Noah breitete seine Hand auf dem Tisch aus, eine stille Geste an seinen Bruder; *schalte einen Gang zurück.*

„Wir haben schon einmal eine Flasche Syrah bestellt", sagte Noah.

„Gott sei Dank", sagte Abby. „Darf ich?"

„Natürlich", antwortete Noah und räusperte sich. So merkwürdig wie er sich das hier auch vorgestellt hatte, es war auf jeden Fall mehr als das.

„Also …", begann Charlotte und presste ihre Lippen aufeinander, während Abby ihr Weinglas fast bis zum Rand füllte. „Finn, erzähl mir doch was über dich. Ich weiß, wir haben eine Weile auf der Kennlernparty getanzt, aber ich habe nicht so viel von dir erfahren."

"Ich bin Lehrer an einer High School", erzählte Finn. „Ich unterrichte hauptsächlich Englisch, aber ich gebe auch Computerunterricht und mache das Jahrbuch, was immer die Schule braucht."

„Sehr cool. Abby hat englische Literatur in Mizzou studiert, stimmts Abs?"

„Das habe ich", antwortete Abby und nahm einen großen Schluck von ihrem Wein. Es gab eine lange Pause, ehe Noah einsprang, um die Stille zu füllen.

„Und du, Charlotte? Was hast du studiert?", fragte er.

„Ich habe einen Bachelor in Krankenpflege", sagte Charlotte.

„Ah! Was für eine tolle Krankenschwester musst du abgeben", witzelte Noah. Charlottes Mund zog sich zu einer geraden Linie und er konnte sehen, dass er es bereits geschafft hatte, sie zu beleidigen. Nicht überraschend, denn er war im Allgemeinen ein Arschloch, aber er war ein wenig von sich selbst enttäuscht. Er hatte es nicht mal auf zehn Minuten geschafft, ohne Charlotte zu verstimmen.

„Charlotte arbeitet im Kinderkrankenhaus", informierte Abby ihn. „Sie arbeitet auf der Intensivstation mit wirklich kranken Kindern, die vielleicht ohne dauernde Pflege sterben würden."

Noah war einen Moment lang verloren und gab Finn die Möglichkeit einzuspringen. „Das ist ja unglaublich. Dazu braucht es sicherlich viel Mut", sagte Finn und erntete ein sanftes Lächeln von Charlotte.

„Ja, manchmal braucht es das", sagte sie mit einem Schulterzucken. „Ich reise nicht durch die Welt oder so, aber es ist zufriedenstellend, wenn ein Patient es durch eine ziemlich schwere Zeit schafft."

Noah, Finn und Abby nickten einstimmig.

„Das hört sich nach einem recht fordernden Job an", stimmte Noah zu und dachte an eine Medizinstudentin, die er vor Jahren gedated hatte. „Du musst viel im Krankenhaus sein, und wenig zu Hause."

Finn schnaubte.

„Das sagt der Mann, der es seit drei Jahren zum ersten Mal nach Hause geschafft hat. Wann war das letzte Mal, dass du mal länger als 48 Stunden in deiner Wohnung warst, Globetrotter?", fragte er.

Noah nickte nachgiebig.

„Es ist lange her. Ich arbeitete im Ausland, ich mache Urlaub im Ausland", sagte er und wedelte abwesend mit einer Hand.

„Du musst an wirklich interessanten Orten gewesen sein", sagte Charlotte und führte das Gespräch weiter. Noah gefiel es, dass sie die Dinge einfach hielt, dass sie sich für das Wohlbefinden aller zu interessieren schien. Es machte Sinn für eine Krankenschwester, sich um andere zu sorgen.

„Na ja … ja. In meinem Urlaub war ich an allen möglichen Orten. Griechenland, Argentinien, Thailand, Neuseeland. Wenn es was zu sehen gibt, dann will ich es sehen", sagte Noah.

„Du solltest seinen Pass sehen", sagte Finn. „Der ist voll mit Stempeln."

Noah warf seinem Zwilling einen unterdrückten Blick zu, aber sagte nichts. Er schaute Abby einen Moment lang an und erkannte plötzlich, wie ruhig sie die ganze Zeit gewesen war. Abby zog kaum merklich eine Augenbraue hoch und wandte ihre Aufmerksamkeit wieder ihrer Cousine zu.

„Und für deine Arbeit? Ein reisender Journalist sieht bestimmt jede Menge coole Dinge", sagte Charlotte.

„Hmm", sagte Noah und rieb seinen Nacken. „Naja, ich berichte hauptsächlich über politische Machtkämpfe, da ist es also nicht besonders schön. Ich gehe dorthin, wo was los ist und ich verbringe die Hälfte meiner Zeit damit, nicht während dieses Einsatzes gesprengt zu werden."

Charlotte und Abby sahen überrascht aus, während

Finn ihm ein kurzes Grinsen zuwarf. Der Kellner kam und Abby wählte eine teure Flasche Rose Champagner für ihre nächste Runde. Nach einem schnellen Abräumen und Neueindecken des Tisches kam der Champagner in einem silbernen Eimer mit Eis. Als alle ihre Gläser wieder gefüllt waren, stießen sie alle miteinander an. Die Vornehmheit dieses Moments ließ Noah beinahe laut lachen, er dachte an einige weniger zivilisierte Trinkerfahrungen, die er letztes Jahr gehabt hatte. Hot Moonshine aus einer Flasche in Tripolis, fermentierter Kokosnusswein am Strand von San Juan, Likör und Schlangenblut in Thailand…

„Lebst du auch in Billings, wie Finn?", fragte Charlotte und unterbrach seine Gedanken.

„Nein, ich bin vor ein paar Jahren nach L. A. gezogen. Ein Freund von mir besitzt dort ein Gebäude in der Nähe der Tribune Büros und er schaut nach meiner Wohnung, während ich weg bin", sagte Noah.

„Und du Finn? Bist du auch ein Reisender wie dein Bruder?", fragte Charlotte.

Finn sah ziemlich unbehaglich aus, so sehr, dass Noah einsprang, ehe er antworten konnte.

„Wir sollten ein paar Vorspeisen bestellen oder?", fragte Noah und griff nach der Karte auf dem Tisch und reichte sie herum. Finn warf ihm einen scharfen Blick zu, weder wütend noch schätzend und dann vergrub er sich hinter der Karte.

KAPITEL 7

Zwei Platten Fingerfood und mehrere Flaschen Wein später war das Gespräch viel entspannter … und plötzlich auch viel interessanter nach Noahs Meinung.

„Abby", sagte Charlotte und zeigte dramatisch auf ihre Cousine, „ist nicht *prüde*, sie hat einfach nur ihre *Ansprüche*."

„Ich habe Ansprüche", sagte Noah und warf ihr einen skeptischen Blick zu. „Ich bin viel wählerischer als mein Bruder."

Noah stieß Finn in die Rippen und bekam einen hasserfüllten Blick von seinem Zwillingsbruder.

„Wenn einer von uns wählerisch ist, dann bin ich das", erwiderte Finn. „Ich bin nicht um die Welt gereist und habe mit Gott wer weiß wie vielen Frauen geschlafen."

Das entlockte ein Schnauben von Abby, die zum ersten Mal, seit über einer Stunde interessiert aussah.

„Was für Frauen?", fragte Abby Noah.

„Äh, das will doch niemand hören", unterbrach

Charlotte und drehte sich vorwurfsvoll zu Abby um. „Vielleicht brauchen wir noch ein wenig mehr Wein!"

„Whoa, whoa!", sagte Finn und griff nach Charlottes Hand auf dem Tisch, noch ehe sie dem Kellner winken konnte, um eine weitere Flasche zu bestellen. „Immer ruhig bleiben. Wir hatten jeder mehr als eine Flasche."

Noah schaute die beiden Frauen an, und nahm Charlottes übertriebene Mätzchen und Abbys Verschrobenheit in sich auf und fragte sich, was zum Teufel sie versteckten. Es war mehr als klar für ihn, sogar mit einer ganzen Flasche Wein in seinem Bauch, dass Charlotte Abby deckte. Aber was das für ein Geheimnis war, das konnte er nur raten. Es war klar, dass Abby nur hier war, weil ihr Vater sie dazu gezwungen hatte zu kommen, das war mehr als offensichtlich. Das war kein Grund für Charlottes verzweifelte Versuche seine und Finns Aufmerksamkeit von ihrer Cousine abzulenken.

„Also Abby. Was ist los?", fragte Noah plötzlich und stütze sich auf seine Ellenbogen, während er seinen dunkelhaarigen Cousin anstarrte.

„Was meinst du? Es geht ihr gut!", erklärte Charlotte.

„Sie will gehen. Hast du einen Freund oder so? Einen Menschlichen?", fragte Noah und beobachtete, wie sich das Gesicht der Frau vor Wut verzerrte.

Abby stand auf, schob ihren Stuhl zurück und warf ihre Serviette mit einem Ruck auf den Tisch.

„Gehen wir auf die Toilette, Char?", stimmte sie an und schoss Pfeile in Richtung Charlotte.

„Ähm, okay!", sagte Charlotte und stand auf und räusperte sich. „Wir sind gleich wieder da."

Noah und Finn sahen stumm zu, wie die Frauen auf dem hinteren Flur verschwanden.

„Werden wir handgreiflich werden?", fragte Finn, sobald sie außer Hörweite waren.

Noah runzelte die Stirn und war überrascht von der Unverblümtheit seines Zwillingsbruders.

„Nicht, wenn ich eine Wahl in der Angelegenheit habe. Du hast einen Killerhaken, wenn ich mich recht erinnere", erwiderte Noah.

„Also? Lassen wir Charlotte zwischen uns wählen?"

„Das ist die Art des Tierreichs, Bruder."

Finn warf Noah einen tödlichen Blick zu und schüttelte seinen Kopf.

„Das ist nicht fair von dir. Du wirst im Spiel bleiben, obwohl du es nicht mal ernst meinst", sagte Finn und sah bitter aus.

„Wer sagt, dass es mir nicht ernst ist? Und überhaupt, wer sagt, dass es dir ernst ist?"

„Du würdest sie umhauen, sie ficken und dann mitten in der Nacht nach Kairo fahren", sagte Finn sachlich. Er bedachte Noah mit einem wissenden Blick, und ließ wütende Hitze in Noahs Wangen aufsteigen.

„Und du würdest sie als Partnerin nehmen, direkt hier auf dem Tisch, hm?", antwortete Noah und ließ seine Fingerspitzen um den Rand seines Weinglases fahren und zielte seine Worte darauf ab, seinen Bruder zu reizen.

„Nein, aber zumindest wäre ich nur ein paar Stunden weiter weg. Etwas könnte sich zwischen uns entwickeln", bestand Finn weiter darauf.

„Ich reise eine Weile nicht, wenn das passiert", sagte Noah. Er schaute Finns errötetes Gesicht an, wissend, dass die Aggression die er sah, sich in seinem eigenen Blick widerspiegelte.

„Worüber sprichst du?", fragte Finn und warf ihm einen gelangweilten Blick zu.

„Ich bin im Sabbatjahr. Ich habe Vorstellungsgespräche bei verschiedenen Nachrichtenagenturen und versuche, einen bequemen Bürojob zu finden."

Finn warf ihm einen abwägenden Blick zu, ehe er seinen Kopf schüttelte.

„Du gibst deine Leidenschaft auf, um hinterm Schreibtisch zu sitzen?", Finn lachte. „Das hältst du nicht einen Monat aus."

„Ich meine das ernst, Finny. Ich bin fertig. Ich werde etwas anderes machen –"

„Du bist so ein Arschloch!", erklärte Finn und schnitt Noah das Wort ab.

„Du wirst einfach übernehmen und der charmante Zwilling sein und sie anbaggern, ehe ich eine Chance dazu habe. Gott, du hast dich überhaupt nicht verändert, oder?"

„Hi Männer!", rief Charlotte und näherte sich dem Tisch. „Äh, Abby geht es nicht so gut. Ich glaube, sie hat ein paar Drinks zu viel. Sie wird ein Taxi nach Hause nehmen."

Noah hielt seinen Ausdruck klar, aber er war sehr skeptisch bei Charlottes Ausrede für ihre Cousine. Finn erhob sich und sah beunruhigt aus.

„Sollen wir euch nach Hause begleiten?", fragte Finn und zuckte zusammen, als Noah ihn unter dem Tisch auf dem Fuß trat.

„Ich wollte noch gar nicht nach Hause. Ich meine, wenn ihr Männer schon kaputt seid ...", sagte Charlotte. Etwas in ihrem Blick unterstrich ihre Wörter; Noah konnte sehen, dass ihre Einladung weiter zu feiern eher das gleiche war und etwas über Abby deckte. Dennoch würde er sich selbst nicht Charlottes Begleitung verwehren, wenn sie sie anbot.

„Finn hatte den ersten Tanz … vielleicht darf ich den nächsten haben?", fragte Noah und ließ seinen Blick an Charlottes dicken Kurven hoch und herunter gleiten, er grinste, als sie unter seiner ehrlichen Bewunderung rot wurde.

„Vielleicht ihr beide", neckte Charlotte, ihre Augen wurden groß, nachdem die Wörter aus ihrem Mund gekommen waren. Ihre Wangen waren jetzt knallrot, aber Noah würde nicht zulassen, dass sie das zurücknahm.

Konnte sie wirklich an beiden Männern gleichzeitig interessiert sein? Noah warf Finn einen hungrigen Blick zu, er grinste, als Finn einfach nur seinen Kopf schüttelte und als Antwort seufzte.

„Es gibt nur einen Weg das herauszufinden, denke ich", sagte Noah und signalisierte dem Kellner, die Rechnung zu bringen. Schnell hatten sie bezahlt und folgten Charlotte nach draußen, in Richtung eines Klubs, von dem sie sagte, dass sie gerne dort hinging. Wenn sie eine Ahnung von den verruchten Bildern hätte, die Noah im Kopf hatte, würde sie alles fallen lassen und weglaufen.

Zum Glück für Noah schien Charlotte mehr an ihrem Ablenkungsspiel interessiert zu sein, als daran seine Absichten zu lesen. Das war wirklich Glück …

KAPITEL 8

Sobald Charlotte in den dunklen Flur getreten war, der in den Klub Baroque führte, überlegte sie, ob sie einen Fehler machte. Die Musik pulsierte um sie herum, ein hartnäckiges Geräusch, das ihr ganzes Blut vor Aufregung wallen ließ. Der Wein gab ihr ein warmes und aufregendes Gefühl, glücklich und entspannt auf eine Art, wie sie es noch nie bei vorherigen Besuchen im Klub Baroque gespürt hatte. Das letzte Mal als sie hier gewesen war, war ein Junggesellenabschied einer Freundin gewesen und Charlotte hatte die ganze Nacht damit verbracht, an einer teuren Flasche Wasser in der VIP Nische zu nippen und alle ihre betrunkenen Freunde zu beobachten.

Heute Nacht jedoch nicht. Als sich die Türen hinter ihnen schlossen, griff Finn ihre Hand und Noah berührte ihren schmalen Rücken, beide führten sie in Richtung der gefüllten Tanzfläche. Wunderschöne, gut gekleidete Menschen tanzten im Rhythmus zur Musik und schöne Tänzer stolzierten auf hohen Plattformen auf und ab, die jede Wand schmückten.

„Brauchst du etwas zu trinken? Wasser?", fragte Finn und lehnte sich näher an sie heran, um die laute Musik zu überklingen. Seine Lippen streiften ihr Ohr und Charlotte biss sich auf die Lippe. Sie schaute ihn wieder an, sah die Ernsthaftigkeit in seinem Blick und nickte. Ein wenig Wasser würde jetzt nicht schaden und es würde ihr auf jeden Fall morgen helfen.

Finn winkte ihr zu, süß und voller Anmut und ging zur Bar. Als Charlotte ihm nachgehen wollte, griff Noah ihre Taille und zog sie stattdessen auf die Tanzfläche. Sie schaute zu ihm hoch und sah die Begierde klar auf sein schönes Gesicht geschrieben und schmolz ein wenig dahin.

Sie erlaubte Noah, sie auf die Tanzfläche zu führen, ließ ihn sie nahe an sich heranziehen und sie begannen beide sich zum Takt zur Musik zu bewegen. Charlotte schwenkte ihre Hüfte, während Noah sich an sie drückte, Brust an Brust. Sie neigte ihren Kopf zurück und schaute hoch in seine wunderschönen, türkisen Augen und fuhr sich über die Lippen, während ihr Herz in ihrer Brust im Takt der Musik hämmerte. Sie ließ ihre Augenlider zu fallen und fragte sich, ob er sie küssen würde, ihren Mund gleich hier auf der Tanzfläche zerstören würde, aber ein eisiges Gefühl brachte sie in Bewegung.

Breite, warme Hände berührten ihren unteren Rücken, als sie ihre Augen öffnete und erkannte, dass Finn eine Flasche Wasser in ihre Hand gedrückt hatte. Sie ließ ihren Kopf zurückfallen, und schaute in sein Gesicht und grinste ihn kopfüber an. Finn kam näher und drückte sich gegen ihren Rücken, während Noah sich von vorne an sie presste und sich in einem perfekten Rhythmus mit seinem Bruder bewegte.

Charlotte hielt einen Moment inne, machte die

Wasserflasche auf und trank etwas, ehe sie die Flasche sorglos auf den dunklen Boden stellte. Sie hinterließ Müll, aber sie kümmerte sich nicht darum.

Erfrischt legte sie eine Hand auf Noahs Schulter und streckte die andere zurück, um Finns Nacken zu liebkosen, sie genoss die Hitze der beiden Körper, die sich an ihr bewegten. Sie lehnte ihren Kopf zurück auf Finns Brust, während er sie an der Taille festhielt und sie halb stützte.

Hände fuhren an ihrer Taille und Rippen und Armen hoch und runter, wahrscheinlich Noahs. Charlotte war sich nicht sicher und sie fühlte sich viel zu gut, um das zu analysieren.

Eine kleine Stimme in ihrem Kopf meldete sich und sagte ihr, dass sie mehr als schäbig war, dass jeder in dem Klub glauben musste, sie wäre eine Art Schlampe. Sie konnte aber dennoch nicht anders. So wie sie sie anfassten, der Druck ihrer harten Körper an ihrem Hintern und ihren Schenkeln ließen sie vor Lust seufzen. Noah und Finn waren beide steif, ihre Blicke drückten unbändigen Hunger aus, so das Charlotte annahm, dass sie beide das genauso genossen wie sie selbst.

Charlotte war immer ein gutes Mädchen gewesen, immer eine pflichtbewusste Tochter, eine gutwillige Krankenschwester. In diesem Moment jedoch sah sie sich in Noah und Finns Blick widerspiegeln; eine Sexbombe, etwas was sie zufriedenstellen und verschlingen wollten. Sie wollte das, sie wollte das so sehr, dass es schon fast wehtat. Es war schon über ein Jahr her seit ihrem letztem One-Night Stand und plötzlich wollte sie keine Minute länger mehr warten. Sie war beschwipst und geil und bereit, bereit für die

Versprechungen, die sie auf Noah und Finns Gesicht sah.

Nur … wie sollte sie sich zwischen ihnen entscheiden? Sie waren praktisch identisch gutaussehend, obwohl ihr Noahs langes Haar gefiel. Sie griff hoch und ließ ihre Finger in seine feuchten, zerzausten Locken gleiten und liebte es wie warm und weich sein Haar sich an ihren Fingern anfühlte. Sie konnte sich selbst vorstellen, wie sie an diesen Locken zog, während er unvorstellbare dreckige Dinge mit ihr tat …

Dann schaute sie zu Finn hoch und dachte daran, wie fürsorglich und nett er war. Er hatte alles, wonach sie in einem Mann suchte, all die Dinge, die sie vorher noch nie in so einem schönen Paket gefunden hatte. Er war vorsichtig, ein fürsorglicher Liebhaber, und erfüllte ihr jeden Wunsch.

Finn trug ein leicht graues Shirt und eine schwarze Krawatte mit dunklen Hosen, während Noah wieder einmal in einem weißen Shirt und schwarzen Anzughosen gekleidet war. Noahs Shirt war am Kragen aufgeknöpft und gab ihr einen Blick auf weiche, gebräunte Haut. Finn machte eine so tolle Figur mit seiner Krawatte …

Sie sah ein letztes Mal zwischen beiden hin und her und seufzte schwer. Sie bog ihren Rücken durch und brachte ihre Lippen an Finns Ohr.

„Wie soll ich einen von euch wählen?", fragte sie und ihre Stimme klang bittend.

Finn versteifte sich an ihr und sie bemerkte, dass Noah ihn nach einer Sekunde nachmachte. Sie hob ihren Kopf und schaute Noah an, der irgendeine stille Kommunikation mit Finn zu führen schien. Für einen Moment wunderte Charlotte sich wirklich, ob sie irgendeine Art Zwillingstelepathie hatten. Sie kicherte vor sich hin, ihre Lippen verzogen sich zu einem Lächeln.

Noah senkte seine Lippen zu ihrem Ohr, sein warmer Atem an ihrem sensiblen Fleisch ließ sie zittern.

„Du musst nicht heute Nacht wählen, Charlotte. Willst du uns beide?", fragte er. Charlotte biss sich auf ihre Lippen und sah zu ihm hoch. Sein Ausdruck war ehrlich, frei von Beurteilung. Sie nickte und wurde belohnt, als Noah seine Lippen gegen ihren Nacken streifte. Eine halbe Sekunde später küsste Finn ihren Nacken an derselben Stelle auf der anderen Seite und Charlotte dachte, sie würde vor Verlangen sterben.

„Ich komm gleich wieder. Bleib bei Noah", flüsterte Finn. Die wunderbare Hitze seines Körpers verschwand, aber Noahs Arme umkreisten ihre Taille und hielten sie fest. Charlotte bewegte sich zur Musik und genoss Noahs Stärke, während sie sich zusammen bewegten.

Finn kam nach ein paar Minuten wieder und flüsterte in Noahs Ohr. Noah nickte und sie nahmen sie beide an der Hand und führten sie aus dem Klub.

KAPITEL 9

Charlotte hielt ihren Augen auf Noah und Finn, sie liebte die Art, wie sie sie in die Mitte genommen hatten, während sie die Straße überquerten. Sie gingen in eine vornehme Hotellobby und am Check-in vorbei. Charlotte schaute zu Finn und ihr Blick war fragend, als sie in einen Messingaufzug stiegen.

Finn lehnte sich herunter und presste sanft seine Lippen auf ihre. Als er sie losließ, legte er eine Plastik Schlüsselkarte in ihre Hand. Sie schaute Noah an, der ihr zuzwinkerte. Sie fuhren still im Fahrstuhl nach oben und ehe sie sich versah, stand sie vor der Tür von Zimmer 315.

Charlotte schaute Noah noch einmal an und wusste sein ermutigendes Lächeln zu schätzen. Sie holte tief Luft, ließ die Schlüsselkarte in den Schlitz gleiten, öffnete die Tür und ging hinein. Das Zimmer war wunderschön, alles war in üppigem Rosa und elfenbeinfarbig und Gold gehalten, aber Charlotte bemerkte die Einrichtung kaum. Das Einzige, was ihre Aufmerksamkeit erlangte, war das King-sized Himmelbett, frisch bezogen mit Bettlaken.

Finn dämmte die Lichter, während Noah sie zum Bett führte, sie an der Taille hochhob, sodass sie am Rande des großen Bettes saß und in die luxuriöse weiche Bettdecke sank. Finn näherte sich und stand hinter seinem Bruder, sein Blick verdüsterte sich, als er beobachtete, wie Noah sich hinkniete, um Charlottes Stöckelschuhe auszuziehen.

Noah fuhr mit seinen Fingerspitzen Charlottes Schienbein hoch und setzte sich neben sie. Finn setzte sich auf die andere Seite und verschlang seine Finger mit ihren. Charlotte schaute auf ihre verschlungenen Hände und dann in Finns leuchtende ozeanblauen Augen und zitterte vor Vorahnung, als Noahs Lippen ihre Schulter durch den dünnen Stoff ihres Kleides berührten. Dann streifte er die nackte Haut an ihrem Nacken.

Finn sah die Frage in ihren Augen und warf ihr ein weiches Lächeln zu, er berührte ihr Kinn mit seinen starken Fingern. Er hob ihre Lippen, während sein Mund ihren für einen sanften, verführerischen Kuss suchte. Charlottes Lippen teilten sich, ihre Zunge suchte Finns. Er war warm und würzig-süß, seine Zunge entdeckte ihre, seine Forschheit wuchs mit jedem Moment, bis sein Kuss heiß und fordernd wurde.

Finn zog sich nach einem Moment zurück und nickte Noah zu, dann lenkte er ihre Aufmerksamkeit auf seinen Zwilling. Charlotte drehte sich zu Noah und legte ihre Hände auf seine Schulter, während sie seinen Mund suchte. Noahs Kuss war fordernder und heißer als Finns. Noahs Zunge war sofort in ihrem Mund, neckte und schnellte und ließ sie in seinem Mund stöhnen.

Finns Finger fanden den Reißverschluss ihres Kleides, die kühle Luft an ihrer nackten Haut verursachte ihr eine Gänsehaut. Noahs Hände zogen die Ärmel ihres Kleides herunter und seine Hände berührten ihre Brüste durch ihren rosa Spitzen BH. Finn zog das Kleid herunter und drehte Charlotte ein wenig, um ihr ganzes Kleid herunterziehen.

Charlottes Finger fanden die Knöpfe von Noahs Shirt und zogen es von seiner Hüfte und legten seine Brust frei. Sie zog die Luft ein, als sie ihn ansah, jeder Zentimeter gebräunt und von muskulärer Perfektion. Er war schlank und stark und hart, seine Brust war weich unter ihren suchenden Fingern.

Sie unterbrach Noahs hungrigen Kuss und drehte sich zu Finn, sie beeilte sich mit seiner Krawatte und Shirt und zog ihn ebenfalls aus. Noahs Hände strichen über ihre Hüften, ihre Rippen und über die äußeren Kurven ihrer Brüste. Finn zog die Streifen ihres BHs von ihren Schultern und machte die vordere Seite auf. Noah zog an dem Stoff und warf ihn weg, seine Hände griffen an ihre Hüfte, während er über ihre Schulter sah und ihre schweren Brüste bewunderte.

Während Noah an ihrem Nacken und ihrem Ohr knabberte, umfasste Finn ihre Brüste und hob sie hoch. Charlotte keuchte, als er ihre Nippel drückte, dann senkte er seinen Kopf und fuhr mit seiner heißen Zunge darüber.

„Finn, ja!", schrie Charlotte und drückte sich an Noah. Noahs Hand glitt um die Rundung und drückte ihre freie Brust, zog sie zurück auf seinen Schoss, sodass ihr Po sich an seinen langen, dicken Schwanz drückte und nur noch seine Hose und ihre dünne Unterhose zwischen ihnen lag.

Charlotte fuhr den straffen Muskel von Finns Schulter nach, fuhr seine Brust herunter und über seine straffen Bauchmuskeln, bis sie den Gürtel gefunden hatte. Sie machte den Knopf und den Reißverschluss auf, zog an seinen Hosen, bis er kicherte und sich einen Moment zurückzog, um sie auszuziehen.

Finn trug nichts weiter als weiße Boxershorts. Der enge Stoff klebte an seinem Paket und enthüllte seine unglaubliche Größe. Noah tat es ihm nach, streifte seine eigenen Hosen herunter und brachte ihre nackten Schenkel wieder auf seinen Schoß.

„Lehn dich zurück, Darling", säuselte Noah in ihr Ohr, und hob die dicke Kaskade ihres Haares mit einer Hand hoch. Die Spitze seiner Zunge fuhr über die Höhle ihres Ohres, und ließ sie stöhnen. Nasse Hitze durchfuhr ihren Körper und ihre Brüste spannten sich an vor Lust, sogar als Finn an ihrer sensiblen Haut biss und saugte.

Noah lehnte sich zurück in die Kissen, und zog Charlotte mit sich zurück. Finn bewegte ihre Beine, sodass sie ausgestreckt auf dem Bett lag, Noah unterstützte sie und umschloss ihre vollen Brüste. Finn warf ihr einen fragenden Blick zu, während seine Finger an dem Band ihrer Hose zogen und durch den weichen Stoff zur feuchten Höhle herunterfuhren.

„Ja", flüsterte Charlotte und wurde rot, als Finn ihre Hosen herunterzog.

„Gott, du bist so wunderschön …", sagte Finn und zog sie nahe zu sich heran und küsste ihre Lippen noch einmal. Er liebkoste ihre Schultern, ihr Schlüsselbein und ihre Brüste, während Noahs Fingerspitzen ihre Taille entdeckten, die Spitzen ihrer Schenkel, ihr mons ...

Finn stieß ihre Knie auseinander und legte ihre feuchten Locken an ihrem nackten, aufgeheizten Kern frei. Charlotte stöhnte laut, als Noahs Finger über die Spitze ihrer Spalte glitten, die jetzt nass vor lauter Vorfreude war. Zwei dicke Fingerspitzen umkreisten ihre schmerzende Klit, sogar als Finn mit seinen Zähnen an ihren Brustwarzen knabberte, sanfte Bisse, die sie sich winden und stöhnen ließen.

Charlotte verlor sich in dem Gefühl, ihre Augen schlossen sich, während Noah ihre Klit in sanften Kreisen streichelte. Finns Finger fanden ihren feuchten Kern, zwei dicke Finger probierten sie, ehe sie sich tief in ihr Inneres in ihren nassen Kanal drückten. Charlottes Hüften zuckten, Nässe floss in ihren Kern und bedeckte Finns Finger.

Noahs Hände glitten zu ihren Hüften, und passten ihren Körper erneut an. Charlotte öffnete ihre Augen und fand Finn, der sich auf seine Ellbogen stützte und eine Spur von heißen Küssen von ihren Knien bis zu ihrem inneren Schenkel hinterließ, bis seine Nase ihre nassen Pussylippen streifte.

„Oh Gott ...", murmelte sie und beugte ihre Hüften gegen die erste Berührung seiner Lippen an ihrer tropfenden Klit. Noah beugte ihren Kopf zurück, saugte und knabberte an ihrem Nacken, ehe er ihren Mund in einem verzehrenden Kuss nahm.

Finns Lippen und Zunge leckten und wirbelten um ihre Klit und brachten sie an den Rand des Wahnsinns, sogar als Noahs Zunge in ihren Mund stieß und ihr jeden Atem nahm. Noahs Berührung an ihren Brüsten, der beständige Puls von Finns heißem Mund, der an ihrer Klit saugte und leckte…

Charlotte explodierte, Dunkelheit und Licht und jede denkbare Farbe explodierten in ihr, während sie sich gegen ihre beiden Liebhaber lehnte und ein kehliges Stöhnen ausstieß. Als ihre Augen noch einmal aufgingen, schlug ihr Herz in ihrer Brust und sie gab ein schwaches Kichern von sich.

„Finn …", sagte sie und zog ihn vom Bett. Sie gab Finn einen langen, innigen Kuss und schmeckte ihren eigenen Saft auf seinen Lippen und fand es sehr erotisch. Charlotte holte Luft und versuchte ihren Herzschlag zu beruhigen und bemerkte, wie heftig ihr ganzer Körper zitterte.

Noah knabberte an ihrem Ohr, seine Hüften umklammerten ihre Hüften.

„Willst du mehr Charlotte?", fragte er.

„Ich will euch beide", sagte sie zögernd. „Aber ich weiß nicht wie … wie das geht."

Noahs wissendes Kichern lief ihr heiß den Rücken hinunter.

„Dann sollst du beide haben", sagte er.

„Warum habt ihr dann noch Kleidung an, während ich total nackt bin?", neckte Charlotte, Noah und Finns offensichtlicher Wunsch war wohl, dass sie mutig wurde.

„Wir sind dumm", sagte Finn und drückte einen Kuss auf ihren Nacken, als sie aufstand und seine Boxer herunterzog. Noah machte ihre Bewegung nach und sie kicherten beide, während Charlotte ihre nackte Perfektion anstarrte. Ihre Augen weiteten sich. Jeder Zwilling hatte den dicksten, längsten und wunderschönsten Schwanz, den Charlotte je gesehen hatte.

Noah schaute Finn an und machte eine diskrete

Geste. Finn nahm Noahs Platz ein und legte sich auf das Bett mit dem Kopf auf dem Kissen. Er nahm seinen Schwanz in die Hand und streichelte ihn hart. Er leckte seine Lippen während er an Charlotte hoch und runter schaute.

„Komm her", lockte Finn. „Setz dich auf mich, Charlotte. Du warst so eng um meine Finger. Ich kann es nicht erwarten, dich zu ficken."

Charlotte keuchte eine Sekunde, überrascht von Finns dreckiger Aussprache, aber Noah gab ihr einen leichten Schlag auf den Po, damit sie sich bewegte. Sie schaute Noah einen Moment an, und biss sich auf die Lippen.

„Mach dir keine Sorgen um mich Darling", sagte Noah ihr. „Lass mal sehen, wie du den Schwanz reitest."

Charlotte wurde rot, sie liebte jedes schmutzige Wort, das aus seinem Mund kam. Sie kletterte aufs Bett und setzte sich auf Finn. Sie ließ ihre Finger an der Länge seiner Erektion entlangfahren, biss sich auf ihre Lippe, während sie an die Lust dachte, die sie erwartete. Charlotte hatte sich noch nie so hungrig, so dreckig gefühlt. Sie hat sich noch nie so frei gefühlt. Jedes bisschen an Lust ließ sie nur noch mehr von beiden Männern wollen und sie wollte alles erleben, was sie zu bieten hatten.

Finn fistete seinen Schwanz, streckte ihn und führte sie, bis die dicke Krone sich in ihren Kern drückte. Charlotte drückte sich herunter und genoss Finns gequältes Stöhnen, während ihr enger Kanal sich streckte, um seine Dicke und Länge aufzunehmen. Er füllte sie komplett, stieß in ihre Enge und ließ sie seinen Namen schreien.

Finn gab einen langsamen tiefen Rhythmus vor und

stieß in ihren Körper. Er umklammerte fest ihre Hüften, als sie sich zu bewegen begann und ihn in sanften Stößen ritt. Sie fühlte Noahs Hände über ihren Rücken streicheln und wie er sich hinter sie kniete, ihren Po und Hüfte und Brüste umfasste und sie ermutigte, sich schnell zu bewegen.

„Nimm ihn tief, Charlotte", schnurrte Noah und seine Zähne knabberten an ihrem Nacken. Noahs Hand drückte sie nach vorne und drückte sie näher an Finn heran, der ihr einen tiefen, innigen Kuss gab, um die Bewegung seiner Hüften anzupassen. Charlotte verlor sich in Finn, seinem Kuss und seinem Schwanz, es heizte das Feuer in ihrem Körper an und erhitzte ihr Blut noch einmal mit flüssiger Leidenschaft.

Noahs Hand liebkoste ihren unteren Rücken und umfasste ihren nackten Hintern. Als seine Fingerspitzen, die weiche Spalte zwischen ihren Wangen neckten, verlor sie ihren Rhythmus. Sie brach den Kuss mit Finn ab, der kaum sein Gesicht drehte, um stattdessen ihren Nacken zu lecken und zu küssen. Ihre Geschwindigkeit wurde langsamer, da sie versuchte Noahs Plan zu verstehen.

„Vertrau mir Darling", murmelte Noah. Eine einsame Fingerspitze glitt herunter, runter und runter, runter bis es den geballten Muskelring zwischen ihren Pobacken drückte. „Ich werde dich hier berühren und du wirst kommen."

Noahs Berührung verschwand für einen Moment und er rollte sich vom Bett. Als er wiederkam, nutzte er eine weiche testende Fingerspitze, um eine kühle, glatte Substanz über ihr enges Loch zu schmieren.

„Entspann dich, Charlotte", drängte Noah. „Finn wird dafür sorgen, dass du dich gut fühlst, dass dein

Körper brennt … entspann dich einfach. Du musst dich nicht bewegen, lass Finn die ganze Arbeit machen."

Charlotte genoss Finns Kuss noch einmal und stöhnte, als er einen langsamen, tiefen Stoß in sie stieß. Sie konzentrierte sich auf die Lust, stöhnte, als Noah seine Fingerspitze in ihren Körper schob, er glitt mit seinem Finger tief in das verbotene Territorium.

Sie wurde rot und schrie auf, als Noah einen zweiten Finger einführte und beide dann tief hinein gleiten ließ, eine merkwürdige neue Hitze wallte in ihrem Körper.

„Braves Mädchen", sagte Noah und nutzte seinen Finger, um denselben stoßenden Rhythmus nachzuahmen, den Finn nutzte, um ihren Kanal zu füllen. Gerade als Charlotte begann sich anzuspannen und wirklich vor Lust mit nahendem Orgasmus zu brennen, zog Noah sich zurück und sprühte noch weitere kühle Creme über ihren Hintern.

„Ich werde dich nehmen, Charlotte", sagte Noah. „Du wirst härter kommen, als jemals zuvor in deinem Leben, das verspreche ich dir."

Charlotte schaute zu Finn, ihr Herz hämmerte in ihrer Brust. Finn küsste sie und nickte ihr leicht zu und sie nickte zurück. Finn verlangsamte seine Bewegungen, und hielt fast an, während er Charlottes Hüfte für Noah hielt. Finn glitt mit seiner Hand zwischen ihre Körper, seine Finger schwebten über Charlottes Klit, sie biss sich auf die Lippen, um den Schrei aufzuhalten, der sich in ihrer Kehle bildete.

Noahs Schenkel strichen einen Moment über Charlottes nackten Hintern und dann fühlte sie den Kopf seines Schwanzes an ihrem hinteren Eingang. Finn stieß mit langsamen Stößen in ihren Körper, aber Charlotte war gefesselt von dem heißen Druck von Noahs Schwanz an ihrem Hintern. Noah bewegte sich langsam vorwärts, griff ihre Hüften und zischte, während er ihr übersensibles Fleisch streckte.

Finn kniff in ihre Klit und ließ sie schreien und Noah stieß gleichzeitig tief in sie hinein.

„Fuck, du bist so eng. Ich kann nicht …", fluchte Noah und seine Worte schweiften ab. Ihr Herz pochte, ihr Körper brannte, die Klit pulsierte und Charlotte hätte alles gegeben, um Noahs Gesicht in dem Moment zu sehen.

Sie hob ihre Hüften und presste sie gegen Noahs, sie nahm die stechende Lust in sich auf, sie war so … erfüllt. Finn grunzte, sein Atem war schwerfällig. Noah gab die Geschwindigkeit vor, er stieß und zog sich heraus und führte Charlottes Bewegungen, während sie Finns Schwanz ritt.

Charlotte schrie, ihr Körper füllte sich mit den beiden Männern, er brannte darauf, sich zu erleichtern.

„Noah … Finn … Bitte …", wimmerte sie.

Sie bewegten sich als eins, sie stießen hart und schnell zu, Finns Finger ließen Charlottes Klit nie los. Für einen langen Moment war sie in der Zeit, dem Gefühl und dem Geräusch der durch ihre Körper floss gefangen, sie waren nur ein Kanal ihrer Lust.

Ihr Höhepunkt kam augenblicklich und blies alle Gedanken, Entscheidungen und Kenntnisse aus ihrem Kopf. Ihr Körper spannte sich an, und ihre Muskeln flatterten um die beiden Schwänze, die sie durchdrangen. Die Hitze und das Licht und die Farben in ihrem Kopf hatten weder einen Anfang noch ein Ende, eine weite Strecke purer, sinnloser, brennender Befriedigung.

Das Einzige was sie runterbrachte, war Noahs Knurren in ihrem Ohr und Finns Antwortschrei. Beide Männer versteiften sich für eine Sekunde, ehe sie ohne Rhythmus in ihren Körper stießen, beide Männer pulsierten heiße, salzige Samen in ihren Körper. Charlottes ganzer Körper zitterte, während beide Männer sie nahmen, ihr brennendes Verlangen zu Asche verbrannten, und sie bis zum Kern ihres Seins erschütterten.

Noah zog sich heraus und fiel neben seinem Zwilling aufs Bett. Nach einem langen Moment der Atemlosigkeit und stiller Kommunikation zwischen den beiden Männern schnaubte Noah Finn zu und ließ ein tiefes, schon fast kehliges Knurren heraus. Charlotte spannte sich an, sie verstand die plötzliche Aggression nicht, aber Noah zog sie bereits in seine Arme und von seinem Zwilling weg.

Noah schlang seine Arme um sie und zog sie auf seinen eigenen Körper, nahm ihre Lippen auf der Suche nach einem suchenden, brennenden Kuss. Er streichelte ihr Haar und wischte die feuchte Masse von ihrem schweißnassen Rücken, sodass er Kreise über ihren Rücken reiben konnte, hoch und runter, beruhigend und liebevoll.

„Noah …", flüsterte Charlotte und ihr Atem wurde langsamer und tiefer.

„Shhh, Darling", sagte Noah und küsste ihren Kopf. Er liebkoste weiterhin ihren nackten Rücken, auch nachdem er eine dünne Bettdecke über sie beide gelegt hatte.

Charlotte fühlte wie die Matratze sich bewegte und ein Teil von ihr wusste, dass der süße Finn aus dem Bett floh. Aber sie war so müde und Noahs Berührungen fühlten sich so gut an ….

Ihre Augen schlossen sich trotz ihrer Bemühungen, und die Dunkelheit übermannte schon bald ihren über-beanspruchten Geist und Körper.

KAPITEL 10

$\mathcal{N}$oah erwachte aus dem dösenden Schlaf, Charlottes warmer Körper lag immer noch in seinen Armen. Er drehte seinen Kopf, suchte seinen Zwilling und sah, dass er aus dem Hotelzimmer gegangen und auf den engen Betonbalkon getreten war.

Er wandte Charlotte aus seinen Armen und schob sie in die dicke Daunendecke, stand auf und zog seine Boxershorts an. Er trat auf den Balkon und sah, dass Finn seine Hosen angezogen und sein Shirt zugeknöpft hatte. Finn starrte auf die Skyline von St. Louis, wo erste Sonnenstrahlen aus dem Osten am Horizont zu sehen waren.

Finn schaute nicht zu Noah, aber sein zusammengekniffener Kiefer und seine angespannten Bewegungen, machten seinen Missmut deutlich genug.

„Was?", fragte Noah und verschränkte seine Arme über seine Brust und lehnte sich an das Metallgitter des Balkons.

„Ich habe nichts gesagt", sagte Finn und vermied

Noahs Blick. Er zog sich weiter an, steckte sein Shirt in die Hose und fuhr sich mit der Hand durch sein kurz geschnittenes Haar.

„Schlimmer Kater?", fragte Noah und versuchte ein Gespräch anzufangen, um Finn ein wenig aufzuwärmen. Finn machte ein finsteres Gesicht und begann seine Schuhe anzuziehen und bückte sich, um sie zuzubinden.

„Okay, ernsthaft. Was ist los mit dir?", fragte Noah herausfordernd.

„Nichts", sagte Finn und streckte sich und schaute Noah mit einem harten Blick an.

„Blödsinn. Ich kann deine Lüge *fühlen*, Finny. Warum bist du so ein Arschloch?", fragte Noah.

Finn verschränkte seine Arme und lehnte sich an die Wand und drehte seinen Kopf, um noch einmal auf die Skyline zu schauen.

„Es ist einfach typisch, das ist alles. Wer kann Noah Beran widerstehen? Charlotte offensichtlich nicht."

Noah knurrte seinen Zwilling an.

„Das meinst du doch nicht ernst mit diesem eifersüchtigen Scheiß. Sie hat nicht dich gewählt. Sie hat uns gewählt. Wir haben beide einen Vorgeschmack bekommen und ich erinnere mich nicht, dass du dich beschwert hast, als du deinen Schwanz tief in sie gesteckt hast."

„Nichts hat sich verändert seit letzter Nacht. Ich habe gesehen, wie Charlotte dich angeschaut hat, sie hat dich angestarrt. Ich habe gehört, wie du sie „Darling" genannt hast. Wir wissen beide, wie das enden wird", sagte Finn. „Sie ist wahrscheinlich schon in dich verliebt. Prinz Charming, der mitten in der Nacht auftaucht, um das Herz des Fräuleins zu erobern. Es ist total klar, wen sie bevorzugt."

„Das hast du entschieden oder?", forderte Noah ihn heraus.

„Ich habe nichts entschieden. Ich hatte nie eine Chance", keifte Finn.

„Das ist hier nicht die High School, Finn. Charlotte ist nicht Rebecca Hastings", sagte Noah und brachte das erste Mädchen ins Spiel, um das sie gekämpft hatten.

Finn zuckte zusammen und Noah war überrascht zu sehen, dass sein Zwilling immer noch empfindlich bei etwas war, was vor über einem Jahrzehnt passiert war. Als er still blieb, trieb Noah es weiter.

„Du bist ein ausgewachsenes Arschloch, Finn. Wenn du etwas willst, dann nimmst du es. Wenn es schwierig ist, dann kämpfst du dafür. Alle anderen um dich herum treffen Entscheidungen, machen weiter und genießen das Leben. Du bist der Einzige, der nur … auf der Stelle tritt", keifte Noah.

„Als wenn es das ist, was ich will!", rief Finn. „Glaubst du, ich will derjenige sein, der zu Hause bleibt? Glaubst du, ich will das Muttersöhnchen der Familie sein?"

Noah lachte.

„Zuerst mal ist das Gavin. Zweitens sind das deine Entscheidungen! Wenn dir den Leben nicht gefällt, dann änder es!"

„Das ist leicht gesagt. Du setzt dir immer Ziele und versuchst sie zu erfüllen, ohne Rücksicht auf den Rest von uns. Als Pa krank geworden ist, waren es nur ich und Gavin und Ma, die sich um ihn gekümmert haben. Der Rest von euch hat seine Träume gelebt, während ich mich um Krankenhausaufenthalte und Chemotherapie Pläne und …"

Finn brach mit frustrierendem Schnauben ab. Er

schaute zu Noah, die Schuldzuweisung loderte in seinen Augen.

„Ich habe mich an vier hochrangingen Phd. Programmen beteiligt. Wusstest du das? Cornell, Yale, Stanford, NYU. Freifahrtschein bei allem."

Noah zwinkerte verwirrt.

„Hast du das?"

„Ja, das habe ich. Ich wollte einen Doktor machen, damit ich auf College-Level unterrichten kann", sagte Finn und sah noch wütender aus als sonst.

„Ich hatte keine Ahnung", sagte Noah.

„Naja, ich habe mir den Arsch aufgerissen. Meine studentische Abschlussarbeit wurde veröffentlicht, etwas was niemand in der Familie zur Kenntnis genommen hat. Nicht, dass es wichtig ist, weil noch ehe ich eine Schule auswählen konnte, Pa seine Diagnose bekommen hat. Was sollte ich sonst tun, Ma und Gavin sagen, dass ich viel zu sehr mit meiner Karriere beschäftigt war, um mitzuhelfen?", grunzte Finn angeekelt.

„Pa ist schon seit über einem Jahr in Genesung. Jetzt hält dich nichts mehr davon ab, oder?", argumentierte Noah und machte eine ausladende Geste.

„Es gibt weitere Baustellen", sagte Finn mit einem entschlossenen Glitzern in seinen Augen.

„Und du wirst weiterhin hier herumrennen und alles für den Beran Clan tun. Dennoch trotz all deiner Bemühungen bist du nicht mal im Gespräch für Papas Platz als Alpha. Gavin auch nicht", schnaubte Noah.

Von dem eiskalten Blick auf Finns Gesicht wusste Noah, dass er eine wunde Stelle getroffen hatte.

„Na ja, das war alles toll", sagte Finn und schüttelte seinen Kopf. „Wirklich so eine tolle Zeit zu zweit mit meiner anderen Hälfte."

„Du bist derjenige, der immer diese merkwürdigen Dreier anzettelt", sagte Noah achselzuckend. „Du warst vor ein paar Stunden noch ziemlich zufrieden."

„Ja, na ja jetzt nicht mehr. Du sagst, es ist Zeit, dass ich meine Erwartungen hochschraube; ich glaube, jetzt ist es eine gute Zeit, um damit zu beginnen."

Damit schob Finn sich an Noah vorbei und ging wieder ins Hotelzimmer. Er hielt an und küsste Charlotte auf den Kopf. Sie seufzte und bewegte sich, aber wachte nicht auf. Finn ging aus der Suite, ohne noch einmal zurückzuschauen und ließ Noah alleine mit einer wunderschönen, kurvigen Blondine und mit einem Kopf voller dunkler Gedanken.

KAPITEL 11

Charlotte lief in ihrem Wohnzimmer herum mit dem Handy in der Hand und versuchte den Mut für einen einfachen Anruf aufzubringen. Sie scrollte durch ihre Kontaktliste und kam zum Namen *Noah Beran*.

„Du bist wirklich ein Feigling", schalt sie sich selbst. „Er ist nur ein Mann. Das ist keine große Sache. Ruf ihn an und frag nach einem weiteren Date."

Natürlich war Noah nicht einfach nur ein Mann oder? Charlottes Magen wurde flau, als sie an ihr letztes Date dachte, an das intensive sexuelle Erlebnis, dass sie mit Noah und Finn geteilt hatte. Als sie in Noahs Armen aufgewacht war, war Finn nirgendwo zu sehen gewesen, ihre Verwirrung machte schnell einem Erröten Platz, bei dem was sie nur ein paar Stunden zuvorgetan hatten. Wozu sie Noah und Finn ermutigt hatte. Der schamlose Weg zum Höhepunkt, härter und länger und besser als alles andere, was sie je zuvor erlebt hatte.

Als Noah aufwachte, waren seine prüfenden Blicke

mehr, als Charlotte aushalten konnte. Seine Hand streifte ihre Hüfte und setzte sie sofort wieder in Flammen und sie bekam Panik. Sie lehnte sein Angebot für Frühstück im Bett ab, auf das weiterer Sex folgen würde, zog sich an und ging. Noah hatte kaum noch Zeit, um seine Nummer in ihr Handy zu tippen, als sie schon aus der Tür war und sich im Geiste selber für ihre völlige Unbeholfenheit beschimpfte.

Drei Tage später hatte sie genug davon, sich vor Zweifel und Schuldzuweisungen verrückt zu machen. Charlotte war es ernst mit Noah, sie bekam ihn nicht aus ihrem Kopf. Das Gefühl seiner Hände auf ihrer Haut schien sich in ihr Bewusstsein gebrannt zu haben. Es war anders, als sie je bei anderen Männern gefühlt hatte, mehr … ernsthaft irgendwie.

Sie holte tief Luft und drückte auf wählen. Noah nahm beim dritten Klingeln ab.

„Charlotte?", fragte er und seine Stimme donnerte. Charlotte zitterte und nickte, und wurde rot, als sie erkannte, dass er ihre Geste nicht sehen konnte.

„Hi, Noah", seufzte sie.

„Ich habe mich schon gefragt, wann du anrufst. Ich habe schon die wichtigsten Touristenstellen in St. Louis abgeklappert", witzelte er.

„Du bist noch hier?", fragte sie und ihr Herz zog sich zusammen.

„Natürlich. Ich glaube, die Dinge zwischen uns sind noch nicht geklärt oder?"

Charlotte hielt überrascht einen Moment inne.

„Nein, ich würde sagen nicht", sagte sie endlich.

„Ich hatte gehofft, dass du mich anrufen wirst, weil du mich sehen willst", sagte Noah.

„Das will ich", sagte Charlotte. „Ich dachte, du gehst heute Abend mit mir aus, wenn du Zeit hast."

„Natürlich. Was sollen wir machen?", fragte Noah.

„Es gibt hier einen Italiener in der Innenstadt, den ich gerne mag. Ich dachte, wir gehen dort hin. Oder wir sehen uns eine Show im Fox Theater an", schlug sie vor.

„Abendessen hört sich gut an. Ich würde gerne mit dir sprechen und dich ein wenig besser kennenlernen", sagte Noah. „Du weißt, dich mit meiner Persönlichkeit umhauen."

Charlotte konnte ein Kichern nicht unterdrücken.

„Okay", stimmte sie zu. „Ich schicke dir die Adresse. Wie hört sich sieben Uhr an?"

„Nicht so gut wie jetzt, aber ich nehme, was ich kriegen kann."

Charlotte lachte wieder, ehe sie sich verabschiedete und auflegte. Sie hielt ihr Handy an ihre Brust gedrückt und biss sich auf die Lippe, um einen aufgeregten Schrei zurückzuhalten. Sie hatte ein weiteres Date mit Noah Beran!

KAPITEL 12

Charlotte saß Noah gegenüber und versuchte sich ein Bild von ihm zu machen, während er das Menü las. Im Kerzenlicht bemerkte sie, dass sein dunkles Haar einige subtile Karamelltöne hatte, natürliche Highlights für die jede Brünette töten wurde. Diese Karamelltöne flirteten mit der weichen, natürlichen Bräunung seiner Haut; Charlotte wurde rot, als sie erkannte, dass sie wusste, dass Noahs braune Haut natürlich war, weil sie ihn schon komplett nackt gesehen und gemerkt hatte, dass er keine Bräunungslinien hatte.

Nach ein paar Momenten erkannte Charlotte, dass Noahs senkender grünblauer Blick auf ihrem Gesicht lag, seine Lippen zogen sich vor Belustigung nach oben.

„Interessante Gedanken?", fragte er und Charlotte wurde noch röter.

Ihr Handy summte auf dem Tisch und sie zuckte dabei zusammen. Sie griff nach dem Handy und steckte es in ihre Tasche.

„Tut mir leid. Ähm nein. Nicht Interessantes", log

sie und öffnete ihr Menü und gab starkes Interesse an der langen Liste von Pasta und Vorspeisen vor.

„Sollen wir Wein bestellen?", fragte Noah.

Charlotte zog eine Grimasse.

„Ich hab es am Samstag übertrieben. Der Gedanke an Wein dreht mir den Magen um", gab sie zu. „Ich glaube, ich habe mehr als eine Flasche alleine getrunken."

Noah nickte weise.

„Was ist mit Kalamari? Isst du gerne Vorspeisen?", fragte er. Der Ausdruck auf seinem Gesicht machte es recht klar, dass nur eine bestätigende Antwort die richtige war. Noch ehe sie antworten konnte, klingelte Charlottes Handy erneut.

„Es tut mir leid. Ich werde es sofort ausstellen. Ich weiß nicht, wer jetzt anrufen könnte, außer ..." Sie hielt inne und biss sich auf die Lippe. *Außer die Arbeit.* Es könnte einfach das Krankenhaus sein, dass sie mit wichtigen Informationen über einen ihrer Patienten anrief, obwohl sie erst wieder morgen Abend arbeiten musste.

„Charlotte." Noah streckte seine Hand aus und zog die Menükarte auf den Tisch, dann bedeckte er ihre Hand mit der Wärme seiner eigenen. „Geh einfach ran. Es ist keine große Sache."

Nach einem Moment schuldbewusster Diskussion nickte Charlotte. Sie griff nach ihrem Handy und überprüfte ihre Nachrichten, ihr Magen sank sofort.

„Das Gesicht, das du machst, passt nicht ganz zu unserem Abend", bemerkte Noah. Charlotte schaute zu ihm hoch, Schuld verbreitete sich in ihrer Brust, sogar als sie versuchte, ruhig zu bleiben.

„Es ist die Arbeit. Einer meiner langjährigen Patientinnen geht es nicht so gut. Sie übersteht vielleicht die Nacht nicht", seufzte sie.

„Okay", sagte Noah und stand auf.

„Es tut mir so leid, ich wollte unser Date heute Abend nicht –", begann Charlotte.

„Fang gar nicht erst an dich zu entschuldigen. Lass uns gehen", sagte Noah.

„Wir können einen anderen Tag finden", sagte Charlotte.

„Lass uns dich einfach zum Krankenhaus bringen, okay?", sagte Noah.

„Oh …", Charlotte hielt inne und presste ihre Lippen aufeinander. „Ich wollte die Bahn nehmen."

Noah warf ihr einen langen Blick zu und presste die Lippen aufeinander.

„Das glaube ich nicht", sagte er. Er zog sein Portemonnaie heraus und warf einen Zwanziger auf den Tisch,

*C*harlotte folgte ihm und konnte die Gänsehaut nicht aufhalten, die sich über ihre Haut bei seiner lässigen Nutzung von Zärtlichkeit ausbreitete. Noah übernahm, holte ihren Mantel und das Auto in kürzester Zeit und ehe sie sich versah, fuhr er auf einen Parkplatz am Krankenhaus.

Als Noah aus dem Auto stieg und zu ihr kam, um die Tür zu öffnen, fühlte sich Charlotte noch schuldiger. Er ging nicht nur locker mit ihrem abgebrochenen Date um, er war auch noch ein ganzer Gentleman. Dann schaffte es Noah irgendwie, die Dinge noch weiter zu treiben.

„Ich komme mit dir. Ich stehe auch nicht im Weg,

versprochen", sagte er und warf ihr ein weiches Lächeln zu.

„Oh Noah … das kann die ganze Nacht dauern", erwiderte Charlotte und schüttelte ihren Kopf.

„Ich habe tausend Bücher auf meinem Handy. Ich freunde mich mit den Krankenschwestern an", sage er und nahm ihren Arm und begleitete sie zu den breiten Automatiktüren des Krankenhauses. „Mach dir um mich keine Sorgen, okay?"

Charlotte holte tief Luft und ging vorwärts, sie führte ihn zum Personalaufzug und bis zu ihrer Station. Sobald sie ihren Bereich betrat, starrte jede Krankenschwester sie an. Noch genauer, sie starrten den unglaublich heißen Typ an ihrem Arm an.

Connie, ihre engste Krankenschwester-Freundin zog eine Augenbraue hoch. Connie registrierte Charlottes graugrünes Kleid und die weißen Stöckelschuhe, Noahs dunkelblauer Anzug und die Krawatte und dann ihre eigenen mit dem Kittel bedeckten rosa Schuhe.

„Du hast einen Besucher mitgebracht?", fragte Connie und ihre schokoladenbraunen Augen genossen Noah Zentimeter um Zentimeter von Kopf bis Fuß.

„Ja … Wir na ja … wir wurden unterbrochen", seufzte Charlotte. Sie stellte sie schnell vor. „Connie, das ist mein Freund Noah. Noah das ist Connie. Sie kann dich irgendwo hinbringen, wo du dich hinsetzen kannst, und sie kann dir etwas zu trinken besorgen, wenn du willst."

Charlotte warf Connie einen bittenden Blick zu und schluckte, als Connie ihr mit einem verschmitzten Lächeln antwortete.

„Ich werde gut auf deinen Mann aufpassen, versprochen", sagte Connie.

„Okay, ich werde mir einen Kittel und eine Maske schnappen und nach Sarah sehen", sagte Charlotte und bezog sich auf ihre siebenjährige Patientin mit akuter Leukämie.

Connies Lächeln verschwand und ihre Augen wurden weich. Sie nickte und klopfte Charlotte auf die Schulter und drehte sich um, um Noah ins Wartezimmer zu bringen. Charlotte ging den Flur herunter und schaute zurück, um Noahs Blick auf ihr ruhen zu sehen. Sein Ausdruck war nachdenklich und besorgt. Mit brennendem Magen zwang sie sich, sich umzudrehen, und sich auf ihre Patientin zu konzentrieren. Bei Charlotte kamen ihre Patienten immer vor Männern in ihrem Leben, egal wie sexy und wunderbar sie vielleicht waren.

KAPITEL 13

M it trüben Augen und emotional erschöpft, strich Charlotte ihren Kittel und die Maske ab und warf sie in den Müll in der Nähe der Krankenschwesterstation. Sie sehnte sich danach, ihre Stöckelschuhe in ein paar praktische Schlappen aus ihrem Schrank auszutauschen, ein Ersatzpaar, das sie häufig nutzte, für Fahrten mitten in der Nacht wie dieser hier.

Sie überprüfte ihr Handy und seufzte, als sie sah, dass es fast vier Uhr morgens war. Sie hatte ein halbes Dutzend verpasste Nachrichten von Abby, die sie fragte, wie ihr zweites Date gelaufen war. Charlotte schnaubte müde und suchte ihre Sachen zusammen. Sie fühlte sich wie ein Zombie, als sie zu den Fahrstühlen ging. Als ein paar große Hände auf ihrer Hüfte landeten, kreischte sie und sprang hoch vor Schreck.

Es war Noah, der zerknittert aussah, aber dennoch gut.

„Du – du bist immer noch hier", krächzte Charlotte. Ihn so zerknittert zu sehen, ließen ihr die Tränen in die Augen treiben. Sie hatte die ganze Nacht nicht geweint, bis sie in diese meergrünen Augen blickte, und ihre eigene Traurigkeit dort sich widerspiegeln sah.

„Hey, hey", sagte Noah und seine Stimme war sanft. Er drehte sich um und schaute in ihr Gesicht, seine Augen suchten ihr Gesicht ab. „Geht's dir gut?"

„Nein", sagte Charlotte zusammensackend. Noah zog sie an sich und schlang seine Arme um sie und hielt sie an sich gedrückt. Er war so groß und warm und straff, und fühlte sich so gut in ihren schwachen Momenten an. Sie blieben so ein paar Minuten stehen und Charlotte hielt ihre Tränen zurück und ließ sich von Noah trösten.

„Ich bring dich nach Hause", schlug Noah vor und strich eine verirrte Locke aus ihrem Gesicht. Charlotte konnte sich nur vorstellen, dass sie wie ein komplettes Wrack aussah.

„Eigentlich …", sagte Charlotte und schüttelte ihren Kopf. „Ich muss noch etwas erledigen. Ein Ritual, denk ich."

Noahs Augenbraue zog sich nach oben, aber er wartete geduldig auf ihre Erklärung.

„Wenn ich einen Patienten verliere, dann gehe ich zu diesem Diner und habe eine letzte Mahlzeit zu ihren Ehren. Das hört sich dumm an, aber es ist irgendwie …", Charlotte brach achselzuckend ab.

„Wie ein Abschluss", half Noah.

Charlotte hob ihr Kinn und schaute ihn an. Noah witzelte viel und war unglaublich sexy, aber da war noch mehr, was unter der Oberfläche brodelte. Etwas Dunkles, ein Teil von ihm, der Schmerz und Tod verstand. Wenn sie an seine große Familie dachte und die scheinbaren Privilegien, fragte sie sich, wie er so viel Tiefsinn erworben hatte.

„Richtig", sagte sie endlich. "Ein Abschluss"

„Ich hoffe, dieses Diner hat Omelettes", sagte Noah und warf ihr ein weiteres Lächeln zu. Diese tödlichen Grübchen blitzten auf seinen Wangen und in ihrem schwachen Zustand, dachte sie, dass ihr Herz direkt hier und jetzt aussetzen würde.

„Du musst wirklich nicht mitkommen", sagte sie.

„Wir sprechen jetzt nicht darüber, Komm", sagte Noah und nahm ihre Hand, als sie den Knopf drückte, um den Fahrstuhl zu rufen. „Ich *verhungere.*"

Zum zweiten Mal in dieser Nacht ließ Charlotte Noah die Führung übernehmen, selbst wenn keine ihrer Aktivitäten ihm zu Gute kam. Als sie still das Diner betraten erkannte Charlotte, dass sie ihren Eindruck von Noahs Charakter neu überdenken musste.

KAPITEL 14

*N*oah setzte sich in die enge Essnische gegenüber von Charlotte und fühlte sich ein wenig erschüttert. Er hatte vorher schon mehrere Seiten an ihr gesehen: die pflichtbewusste Berserker Frau, der gesellschaftliche Flirt, die beschützende Cousine.

Aber diese Seite an Charlotte, dieses tief leidenschaftliche Geschöpf … das war etwas, was er nicht verstand. Ihre Augen waren gerötet, ihre Wangen waren rot vom Weinen, ihr Haar war zu einem unordentlichen Pferdeschwanz gebunden. Sie hatte sich irgendwann andere Schuhe angezogen und war jetzt viel kleiner, als er es gewöhnt war. Und dennoch war sie genauso schön wie immer.

Noah bemerkte, dass Charlotte unter seinem abschätzenden Blick rot wurde. Er schnappte sich eine Karte und schaute auf die beschränkte Auswahl, um sich abzulenken. Nachdem er einen regelrechten Berg an Essen plus Pfannkuchen und Kaffee für Charlotte bestellt hatte, wusste er nicht mehr, was er sagen sollte.

Sein normaler M.P. war Leichtigkeit, was überhaupt nicht funktionierte, bei Charlottes harter Nacht. Gott Sei Dank hatte sie ihn gerettet.

„Wie viele schlechte Magazine hast du gelesen, während ich gearbeitet habe?", fragte Charlotte.

Noah grinste, er war froh, dass sie die Dinge für ihn einfacher machte.

„Ich habe eigentlich nur drei geschafft. Connie hat mich einem deiner Patienten vorgestellt und wir haben ziemlich lange miteinander rumgehangen."

Charlottes Augenbrauen schossen hoch vor Überraschung und Noah fühlte sich schon fast beleidigt von ihrer Reaktion.

„Wer?", fragte sie und verzog ihre Augenbrauen.

„Max. Er war toll", sagte Noah und hielt seine Stimme zwanglos. Wirklich, der junge Pantherverwandler hatte die Dinge mit einer mürrischen Einstellung begonnen. Aber die Dinge hatten sich schnell geändert, als Noah die Xbox entdeckt hatte.

„Er hat mit dir gesprochen?", fragte Charlotte und ihr Blick wurde skeptisch.

„Ja. Wir haben Metal Gear Solid für ungefähr … vier Stunden gespielt. Er sagte, er kann nicht schlafen."

Charlotte nickte langsam.

„Ja. Er ist ein typischer Junge, behält alles für sich, aber er ist wirklich krank."

„Es ist – wäre es unhöflich, zu fragen, was er hat?", fragte Noah.

„Er hat Osteosarkom, Knochenkrebs. Das ist ziemlich schmerzhaft", sagte Charlotte und schaute nach unten, während sie mit ihrer Kaffeetasse spielte.

„Wo sind seine Leute?", fragte Noah. Als Charlottes Ausdruck finster wurde, fragte er sich, ob er es irgendwie übertrieben hatte.

„Max ist im Pflegesystem. Er kommt und geht seit Jahren im Kinderkrankenhaus ein und aus und er hat nie lange dieselben Pflegeeltern gehabt. Niemand will sich mit einem Kind belasten, dass krank ist."

Noah zuckte zusammen.

„Was ist mit den einheimischen Katzenverwandlern? Sollte sie ihn nicht aufnehmen?", fragte er.

„Es gibt nicht viele Pantherpacks in diesem Teil des Landes und die Löwen scheinen sich nicht zu kümmern. Glaube mir, ich habe es versucht."

„Na ja …", Noah versuchte, die richtigen Wörter zu finden, dann schüttelte er seinen Kopf. Das ist scheiße."

Charlotte nickte und nippte an ihrem Kaffee.

„Ihr habt euch also verstanden?", fragte sie. Irgendwelche Emotionen schimmerten in ihren Augen, etwas, dass Noah nicht lesen konnte.

„Ja. Ich habe ihm gesagt, ich würde diese Woche wieder kommen."

Charlotte machte ein finsteres Gesicht und ihre plötzliche Intensität stellte Noahs Nackenhaare auf.

„Du solltest ihm keine Versprechungen machen. Kinder wie Max scheinen stark, aber sie sind wirklich einsam."

Noah hob abwehrend seine Hände.

„Ich habe gesagt, ich werde diese Woche zurückkommen und das werde ich", sagte er.

„Ich bin nicht −" Charlotte hielt inne und seufzte. „Verspreche ihm einfach nichts okay? Er hat es schwer gehabt. Er braucht Stabilität."

Und keinen Weltenbummler Noah Beran blieb unausgesprochen. Charlotte begann sich schrecklich nach Finn anzuhören.

Die Kellnerin lieferte ihr Essen und sie begannen

zu essen. Noah hatte nicht bemerkt, wie hungrig er war, bis er einen Berg Bacon und French Toast vor sich hatte, plus einem Omelette.

„Dieser Ort ist unglaublich", sagte er, als er fertig war und die leeren Teller an den Rand des Tisches schob. „Ich habe schon in vielen Diners gegessen und der ist einer der Top fünf. Ganz einfach."

Charlotte kicherte.

„Ich bin so froh, dass ich dich beeindrucken konnte", neckte sie.

„Na ja. Es ist ja kein Frühstück in Paris, aber es ist schon recht zufriedenstellend."

„Ich esse oft hier. Nicht nur nachdem … du weißt schon, wenn ein Patient stirbt. Es ist Trostessen, das ist sicher", sagte sie. „Obwohl ich nicht immer so ein Wrack bin. Sarah war fast ein Jahr bei uns. Ich dachte, sie würde noch die Kurve kriegen und gesund werden."

Es gab eine lange Pause in dem Gespräch, während Noah versuchte, an etwas Richtiges zu denken, das er sagen konnte. Charlottes Gesicht wurde rot und sie warf ihm einen schuldigen Blick zu.

„Es tut mir leid. Ich weiß, das ist kein gutes Gespräch. Das ist wie das schlechteste zweite Date überhaupt."

Noah griff über den Tisch und nahm ihre Hand.

„Mir ist das Thema nicht unangenehm", sagte er und hielt seine Gefühle simpel.

„Nein?", fragte Charlotte und neigte ihren Kopf.

„Nein, nicht wirklich. Jeder zieht mich mit meinem Job auf und wie ich einfach herumreise und herumhänge, aber ich sehe tatsächlich viel Schreckliches. Selbstmordattentäter, Polizeiüberfälle bei Schulkindern, Frauen und Kinder, die durch amerikanische Drohnenangriffe getötet werden …" Er wedelte mit der Hand. Und da bin ich mittendrin."

Charlotte schauderte.

„Ich verstehe nicht, warum du das machen willst", sagte sie.

„Es gibt einen Grund, warum Journalisten Kriegszonen und politische Unruhen abdecken, weißt du. Es ist nicht nur Sensationsjournalismus. Wenn Journalisten und Fotografen Geschichten über Menschen schreiben, welche die Gewalt betrifft, dann bringen sie die Themen in die westliche Welt. Viel von dem Hilfsgeld und den Friedenstruppen und dem medizinischen Support, dass diese Länder brauchen, kommt aus dem Westen, aber es kommt erst, wenn die Politiker es geschehen lassen. Wenn Bürger die Geschichten nicht sehen und erkennen, dass Menschen Probleme haben, dann sind die Politiker nicht interessiert. Journalisten sind nur ein kleines Rädchen in dem ganzen großen Schema", erklärte Noah.

„Ich hatte keine Ahnung", sagte Charlotte und sah beeindruckt aus. „Es scheint, dass du wirklich mit Leidenschaft dabei bist."

Noah nickte.

„Es hat angefangen, mich zu zermürben. Zuerst war ich im Ausland einsam und dann erschöpft. Jetzt sehe ich diese wunderbaren Dinge, diese schrecklichen Dinge und ich fühle mich einfach … leer."

Noah schluckte und griff nach seiner Kaffeetasse, erkannte, dass er ein wenig mehr gesagt hatte, als beabsichtigt.

„Vielleicht musst du noch ein wenig bodenständiger werden. Wie oft gehst du nach Hause, um deine Familie zu besuchen?"

„Nicht so oft. Ich habe alle diese tollen Kindheitserinnerungen und das sind die Besten, die ich habe. Ich will nicht, dass sie sich im Alltag abnutzen, weißt du?"

Charlotte betrachtete ihn einen kleinen Moment.

„Du hast Glück, weißt du. Meine Familie ist nicht anhaltend so stabil."

„Ich hatte gedacht, dass es recht ruhig ist, wenn du nicht in der Alpha Familie groß wirst", antwortete Noah.

„Das ist so eine Sache. Mein Vater war über ein Jahrzehnt lang Alpha, bis in meine Teenagerjahre."

„Ist er abgetreten? War er krank oder so?"

„Nein, mein Onkel Jared hat ihn herausgefordert. Onkel Jared hat den Test durch Kampf gewonnen und Gott sei Dank meinem Vater *erlaubt*, sein Leben zu behalten." Der Sarkasmus in ihrem Ton war nicht zu überhören, als sie von dem Ereignis sprach.

„Wie alt warst du?", fragte Noah. Den Alpha Status zu verlieren, musste ihren Vater vernichtet, und viel Verwirrung und Scham für Charlotte gebracht haben.

„Vierzehn. Meine Eltern haben mich immer unter Druck gesetzt herauszustehen, dieses unwiderstehliche Mädchen zu sein, das niemand abweisen kann. Mein Vater will, dass ich einen Alpha zum Partner nehme, jemand, der eines Tages einen Clan anführen kann. Ich glaube, er fühlt, dass er wieder Macht und Einfluss haben kann. Was lustig ist, wenn man bedenkt, dass ich genauso oft wie du nach Hause fahre."

„Ich glaube, du bist unwiderstehlich, Süße", sagte Noah ihr. „Ich werde nie ein großer Alpha sein. Ich mache zu viel Politik."

Charlotte warf ihm ein amüsiertes Lächeln zu.

„Das stört mich nicht. Und ohne Witz, du musst wirklich deine Familie besuchen. Wenn du es aushalten kannst, dich in einem Zimmer mit ihnen aufzuhalten, dann solltest du das so oft wie möglich tun. Du kannst dich glücklicher schätzen, als du tust."

Noah senkte seinen Kopf und ließ ihre Worte sinken. Die Kellnerin brachte die Rechnung und Noah starrte Charlotte an, als sie versuchte, der Kellnerin ihre Kreditkarte zu geben. Er übergab der Kellnerin einen Batzen Bargeld und drängte Charlotte aus dem Restaurant.

$\mathcal{N}$oah fuhr Charlotte nach Hause, folgte ihren Anweisungen bis zu einem süßen blauen Bungalow mit einem Gartenzaun. Er stieg aus und öffnete die Tür und half ihr aus dem Auto und drängte sie den Weg zu ihrem Haus hoch. Er hielt an der Vordertür an, während sie ihre Schlüssel suchte und dachte, er sollte sich nicht selber einladen, aber Charlotte schaute ihn nur mit einem müden Lächeln an. Sie schloss die Tür auf und griff nach seiner Hand und zog ihn hinter sich her. Noah würde auf keinen Fall widerstehen; er war neugierig auf ihr Leben und wollte ihre Wohnung sehen.

„Dein Haus ist wunderschön", sagte er bewundernd und schaute sich in ihrem ordentlichen, bequemen, offenen Wohnzimmer und der Küche um.

„Danke", seufzte Charlotte. Sie ging in die Küche und öffnete den Kühlschrank und zog zwei Flaschen Wasser heraus und bot ihm eine an, ehe sie sich auf die übergroße hellbraune Couch setzte. Noah nahm einen langen Schluck aus seiner Flasche und stand immer noch, während er sich umsah. Sie besaß mehrere Bücherregale, alle voll mit Büchern aller Art. Ein großer Fernseher und eine DVD Sammlung, ein MacBook stand auf dem Couchtisch und sie hatte sogar eine recht nette Soundanlage.

„Kommst du und setzt dich zu mir?", fragte Charlotte und schaute ihn mit ihren strahlend blauen Augen an. Sie sah ein wenig verloren und müde aus, brauchte noch mehr Trost, als das Essen des Diners ihr geben konnte.

Noahs Lippen zuckten, als er die Wasserflasche auf den Tisch stellte, sich hinsetzte und Charlotte nah an sich zog. Er nahm sie in seine Arme, versuchte sie nur zu halten, obwohl sein Körper schon bei dem einfachen Kontakt reagierte.

„Du riechst gut", murmelte Charlotte und ihr Gesicht drückte sich an seine Brust. Noch ehe Noah zucken konnte, bewegte sich Charlotte und drückte seine Lippen auf seine, ihre Arme schlangen sich um seinen Nacken. Ihr Kuss war hart und hungrig, ihr Bedürfnis so sichtbar, als ihre Lippen sich teilten und ihre Zunge seine suchte.

Noah stöhnte, als seine Arme sich um ihre Taille schlangen und Charlottes unglaubliche Kurven an seinen Körper drückte. Ihre Brüste drückten sich an seine Brust und ließen ihn sich danach sehnen, sie anzufassen und zu lecken und sie zu drücken, während er den Kuss noch vertiefte.

Charlotte übernahm die Kontrolle, ihre Hände rupften an den Knöpfen seines Shirts. Noah saugte an ihrem Ohrläppchen, nippte an dem sensiblen Fleisch ihres Nackens und fuhr mit seiner Zunge ihrem Schlüsselbein nach. Charlottes Brust wurde schwer und ihr Atem kam in kurzen Zügen. Sie zog ihre Schuhe aus und legte sich auf die Couch und rückte ihr Kleid zurecht.

Noah knurrte leise in seiner Kehle, als sie sich aus ihrem Höschen wand und sich auf seinen Schoß setzte.

„Ich brauche dich, Noah", flüsterte sie und ihre Finger arbeiteten an seinem Gürtel und Reißverschluss. Sie schob seine Hose bis zur Taille herunter und ließ ihn vor Freude keuchen, als ihre Finger sich um seinen zuckenden Schwanz schlossen. Sie ließ ihre Faust an seiner Länge hoch und runter gleiten und Noah überließ ihr die Kontrolle. Sie streifte sein Shirt ab und küsste seinen Nacken und Schultern, ihr köstlicher Mund brannte auf seiner warmen Haut.

Noah drückte ihr Kleid von ihren Schultern und auch die Streifen ihres BHs, ruppig schob er sie bis zu ihrer Taille, um ihre schönen, vollen Brüste freizulegen. Während er sie wog und an den weichen Ballons knabberte, stöhnte Charlotte und zog den Saum ihres Kleides hoch, ihre Hand führte seine Erektion in ihren heißen, glitschigen Kern.

Noah konnte ein dröhnendes Knurren nicht zurückhalten, als er in Charlottes engen Kanal glitt und tief in sie hineinstieß.

„Ja!", schrie Charlotte und ihre Hände fuhren über seine nackte Brust, um sich an seinen Schultern festzuhalten.

Noah griff ihre Hüfte und gab einen eindringlichen, treibenden Rhythmus vor während er ihre Bewegungen anführte und in ihr williges Fleisch stieß. Charlotte spannte sich sofort um ihn herum an und er wusste, sie würde nicht lange aushalten. Er war überwältigt, sein Körper spannte sich an, seine Eier wurden hart vor Drang fertig zu werden.

Charlottes Nägel kratzten über seine Schultern,

markierten seine Haut und ein leiser leidenschaftlicher Laut entwich ihrer Kehle. Sie zitterte, ihr Körper pulsierte um seinen Schwanz und löste seinen eigenen Orgasmus aus. Noah rang nach Atem, als er kam, bohrte sich in sie und pumpte seinen Samen in langen Stößen in sie hinein.

Als er endlich langsamer wurde und Charlotte in seine Arme und auf seine nass geschwitzte Brust zog, seufzte sie zufrieden und das begeisterte sein männliches Ego, wie nichts anderes es schaffte. Sie war so weich und süß, wie sie zufrieden in seiner Umarmung lag. Sie hob ihr Kinn und gab ihm einen langen, innigen Kuss, ehe sie mit einem Kichern von seinem Schoss kletterte.

„Deswegen bin ich nicht reingekommen", informierte Noah sie.

„Nein?", fragte Charlotte und zog eine Augenbraue hoch.

„Ich wollte dich trösten", sagte er und seine Lippen verzogen sich in den Mundwinkeln.

„Ich fühle mich gerade sehr getröstet", sagte sie.

„Du solltest dich immer getröstet fühlen", sagte er und lehnte sich herüber, um eine Locke ihres Haares zu berühren, die in einem zufälligen Winkel auf ihre Stirn fiel. „Du bist unglaublich und du verdienst so viel."

Charlotte warf ihm einen amüsierten Blick zu und nahm seine Hand und verschlang ihre Finger mit seinen. Ihr Daumen rieb langsame Kreise auf seiner Handfläche und das Gefühl ließ sein Herz sich unbehaglich zusammenziehen.

„Mhh hmm", war ihre einzige Antwort.

„Glaubst du nicht? Du bist ausreichend genug, um Finn und mich verrückt zu machen. Ich habe dich für mich beansprucht und jetzt spricht er kaum noch mit mir."

Charlotte versteifte sich, ihre Hand entglitt seinem Griff.

„Ihr kämpft wegen mir?", fragte sie und ihr Ausdruck wurde hart.

„Na ja, es gibt noch andere Dinge. Aber im Moment bist du der Hauptgrund."

„Noah …", sagte sie und ihr Ton wurde scharf. „Ich finde dich auch unglaublich, aber ich will nicht der Grund sein, wegen dem du mit deinem Bruder streitest."

„Charlotte, mach dir keine Sorgen um mich und um Finn. Es ist kompliziert", warnte Noah sie.

„Ich will kein Problem sein. Das werde ich nicht", bestand sie darauf.

„Das ist –", Noah schnaubte frustriert. „So funktioniert die Familie nicht, Charlotte. Es ist persönlich und da steckt noch mehr dahinter, als du wissen kannst."

Charlottes Augenbrauen schossen hoch, ihre Abwehr war offensichtlich.

„Ich verstehe nicht, wie Familie funktioniert? Mein Gott, Noah. Du bist so undankbar. Weißt du, vielleicht verstehst du nicht, wie eine Beziehung funktioniert, basta!"

Charlotte erhob sich, Noah stand ebenfalls mit einem Knurren auf.

„Meinst du das jetzt ernst?", fragte er.

„Ich denke, du solltest gehen", erklärte sie und ihr Kinn hob sich. Der dominante Bär in ihm sah, wie ihre Abwehr aufkam, und ihm sagte, dass er sie jetzt nicht noch weiter drängen sollte.

„Okay", sagte er. Ihm entging nicht das Flackern der Enttäuschung auf ihrem Gesicht, aber er wusste nicht, wie er Charlotte aus dieser Sackgasse wieder herausbekam.

Schon bald fand Noah sich wieder, wie er einen stillen, wütenden Spaziergang zu seinem Auto machte. Er schaute zurück zu Charlottes Haus und sah ein wenig Bewegungen in den Gardinen am vorderen Fenster. Als die Stille eine weitere halbe Minute anhielt, knurrte er und ging zu seinem Auto, und konnte kaum glauben, wie der Abend geendet hatte.

KAPITEL 16

$\mathcal{F}$inn Beran runzelte die Stirn, während er seinen Koffer packte und akribisch jeden Gegenstand faltete und rollte, diese eintönige Tätigkeit beruhigte seine Gedanken. Nach fast einer Woche Sightseeing und einer merkwürdigen gesellschaftlichen Einführung durch den Krall Clan, war er bereit, wieder nach Hause zurückzukehren. Er hatte noch einen letzten Termin früh am Abend, ein Date, das er halbherzig in der letzten Minute akzeptiert hatte, aber danach würde er den Nachtflug zurück nach Montana nehmen. Es war fast Herbst und Finn sollte einen Workshop für Lehrer besuchen, ehe die Schule wieder begann.

Ein Klopfen an der Hoteltür ließ ihn innehalten; es gab nur ein paar Menschen, die anklopfen könnten und er wollte besonders mit denen gerade nicht sprechen. Als Finn die Tür öffnete, war er nicht unbedingt überrascht, Noah dort zu finden.

Sein Zwilling hob seine Hand, eine versöhnliche Geste.

„Ich will nur reden", sagte Noah.

Finn starrte Noah einen langen Moment an, und haderte mit sich selbst. Als er von der Tür zurücktrat, kam Noah herein und ließ sich auf einen Stuhl am Fenster fallen, er schien sich unwohl zu fühlen. Noah erwischte einen Blick auf die Kleidung und den offenen Koffer und legte sich auf das King-size Bett, seine Lippen waren zu einer geraden Linie gepresst.

„Ich glaube, ein Mann, der die Frau bekommen hat, die er wollte, sollte ein wenig fröhlicher aussehen", sagte Finn und machte sich wieder ans Packen.

„Es tut mir leid, was ich gesagt habe."

Finn schaute seinen Zwilling an und war überrascht von der unlogischen Schlussfolgerung.

„Okay …" sagte Finn und gab ihm ein Achselzucken. Er konnte nie lange auf Noah sauer sein, aber das hieß nicht, dass seine Gefühle nicht verletzt waren.

„Ich meine das so, Finny", Noahs grüner Blick bohrte sich in Finns und er hielt seine Hände ruhig, um zuzuhören. „Ich hätte nichts davon sagen sollen. Ich glaube, du verdienst mehr, aber du hast viel für die Familie geopfert. Ich kenne die Ausmaße davon nicht."

Finn schluckte. Seine Lippen verzogen sich zu einem tiefen Stirnrunzeln.

„Das ist in der Vergangenheit", sagte Finn.

„Nein, ist es nicht. Nur weil Pa sich besser fühlt … Nichts hat sich für dich verändert und das ist nicht fair", sagte Noah.

„Da kann man nichts dagegen tun", seufzte Finn. „Das Leben geht weiter. Die Schule beginnt in ein paar Tagen. So einfach ist das."

„Du wirst nicht wieder unterrichten", sagte Noah.

Finn nahm die Angriffsposition ein, seine Wut wurde größer.

„Wovon sprichst du?"

„Ich habe bereits ein weiteres Vorstellungsgespräch bei Cornell und Stanford organisiert. Ich werde auf unsere Brüder und unsere Familienverbindungen zurückgreifen, um dir Phd Vorstellungsgespräche in allen Spitzenprogrammen im Land zu besorgen. Überall, wo du gerne willst."

Finn rollte mit den Augen.

„Das ist nicht so einfach. Selbst, wenn ich nach so viel Zeit noch hineinkomme, ich kann es mir jetzt nicht leisten. Ich habe ein Darlehen und ..." er brach ab und wurde noch frustrierter.

„Du wirst dein Haus verkaufen, weil du wegziehen wirst. Und was den Rest des Geldes angeht, Cameron und ich werden dich so lange finanzieren, wie es nötig ist. Wir haben bereits alle Details geklärt."

Finn keuchte und war völlig überrascht.

„Du – was?", fragte er verblüfft. Noah hob eine dunkle Augenbraue, eine Spur von Belustigung lag auf seinen Lippen.

„Ich will davon nichts hören", bestand Noah darauf. „Es ist alles entschieden, solange du die Eier hast, dir das zu nehmen, was du willst. Und das tust du. Du bist mein Bruder, genauso stark wie ich. Ich kenne dich, so wie ich mich selbst kenne und ich weiß, dass es das ist, was du brauchst. Also .... Komm und hol's dir."

„Warum tust du all das so plötzlich?", fragte Finn perplex. „Du hast die Familie vor Jahren verlassen und jetzt spielst du den lieben Zwilling?"

Schmerz flammte in Noahs Blick auf und er nickte langsam.

„Ich war nicht unbedingt der Bruder oder der Sohn, der ich hätte sein sollen. Das tut mir leid. Ich habe nur so viel mit meinem Job zu tun gehabt, mit den Dingen in meinem Leben … Ich habe nicht mal viel auf mich selbst geachtet und weniger an meine Zukunft und an meine Familie zu Hause gedacht."

Finn kam um das Bett herum und setzte sich seinem Bruder gegenüber, er griff nach seiner Hand, und drückte sie kurz, ehe er sie losließ. Er konnte Noahs inneren Kampf sehen, seine Erschöpfung und Unzufriedenheit und ein Dutzend anderer Dinge, die Finns Herz taumeln ließ.

„Noah … es ist wirklich okay. Ich konnte nie wütend auf dich sein. Wie der Rest der Familie, sind auch Luke und Cam und Wyatt nicht öfter da gewesen als du. Gavin und ich sind wirkliche Ausnahmen, leider."

„Zumindest hast du etwas Festes. Ich habe meinen Job gestern bei der Tribune gekündigt und jetzt habe ich nichts", seufzte Noah.

„Du hast Charlotte", schlug Finn vor.

Noahs Ausdruck war verkniffen, ein Blick den Finn nur allzu gut kannte.

„Oh, Mist. Was hast du gemacht?", fragte Finn.

Sie saßen stundenlang in Finns Hotelzimmer und sprachen über ihre Leben, bis Finn schon fast zu spät für sein St. Louis Date kam. Noah erzählte ihm von Charlotte, von seiner Zeit in Übersee, von allem. Finns Herz wurde schwer, bei all den Dingen, die Noah gesehen hatte, aber es gab kein Überwinden der Erleichterung und Zufriedenheit, die er bei der Bereinigung der Situation mit seinem Zwilling fühlte. Als Noah seine widersprüchlichen Gefühle über die Frau teilte, die er vor ein paar Tagen mit ihm geteilt hatte, begann ein Plan in Finns Gedanken zu reifen.

KAPITEL 17

*E*r überprüfte die Adresse zum dritten Mal und Finn hob seinen Koffer an, als er in das winzige Bistro ging. Er durchsuchte den Raum und sah Abby Krall an einem Tisch mit mehreren anderen Frauen sitzen. Pünktlich wie sie versprochen hatte, während sie hin und hergeschrieben hatten. Obwohl sie zuerst überrascht war, als Finn seinen Plan und seine Motive erklärte, war Charlottes Cousine sehr entgegenkommend gewesen. Finn fragte sich, wie viel Überredungskunst Abby geleistet hatte, um Charlotte so schnell hier herzubekommen und dann noch um elf Uhr abends.

Finn schaute auf seine Uhr und erkannte, dass er das hier schnell erledigen musste. Sein Flug ging in weniger als zwei Stunden und er musste noch zum Flughafen fahren.

Abby entdeckte ihn und winkte ihm kurz zu, was Finn nickend beantwortete. Abby sprang hoch und lehnte sich hinüber, um mit der Frau neben ihr zu sprechen; Finn konnte Charlottes Gesicht nicht sehen, aber ihre Silhouette war unverkennbar.

Charlotte stand auf und ließ sich von Abby zur Bar führen. Finn näherte sich und trat hinter Charlotte, während er ihr langes blondes Haar und ihre weichen Kurven bewunderte. Ein kleiner Teil von ihm wünschte sich, dass er um sie gekämpft hätte, dass er Charlotte als seine Partnerin beanspruchen konnte, aber ein gleicher Teil wusste, dass wenn sie die richtige Frau gewesen wäre, er nicht hätte widerstehen können.

„Charlotte", sagte er und hielt seine Stimme ruhig.

Abby machte ein paar Schritte zurück, als Charlotte sich umdrehte, die Brünette gab der Blondine ein Achselzucken, das zu sagen schien, *tut mir leid, ich musste das tun.* Charlotte drehte sich zu Finn, sie räusperte sich leise, während ihre großen Augen seine große Figur und seinen Koffer anschauten.

„Du gehst", sagte sie. Obwohl sie ihre Stimme ruhig hielt, konnten ihre Augen ihre Verletztheit und ihre Wut nicht verstecken.

„Das mache ich, aber ich glaube nicht, dass dir das viel ausmacht", sagte Finn. Charlottes Lippen teilten sich und ihre Augen verdunkelten sich vor Erkenntnis.

„Finn", keuchte sie. Finn kicherte tatsächlich bei ihrer Erleichterung. So verrückt sein Zwilling auch nach Charlotte war, schien sie ebenso sehr an Noah zu hängen.

„Ich bin auf dem Weg zum Flughafen, also kann ich nicht lang sprechen. Ich wollte dich nur bitten, Noah eine weitere Chance zu geben."

Charlotte runzelte die Stirn.

„Warum bist du hier und entschuldigst dich für ihn?", fragte sie.

„Weil mein Bruder ein sturer Idiot ist", sagte Finn ganz einfach.

Charlottes Gesichtsausdruck entspannte sich ein wenig. Aber sie war auf keinen Fall zufrieden.

„Er hat dich nicht etwa geschickt, oder?", fragte Charlotte.

„Nein. Er hat mir erzählt, was passiert ist, und ich fühle mich schlecht für ihn. Er ist die klügste Person, die ich kenne, aber er hat keine Ahnung, was er mit einer Frau wie dir machen muss."

Charlotte entspannte sich noch mehr und neigte den Kopf zur Seite.

„Er war nicht sehr nett zu mir. Ich meine, das war er schon, aber dann hat er ein paar Dinge gesagt, die ich ... unangemessen fand", sagte Charlotte.

„Das hat er mir erzählt. Ich glaube, er fühlt sich wie ein Arschloch, aber er weiß nicht, wie er sich dir nähern soll." Finn hielt inne. „Hör mal, ich kann nicht für ihn sprechen. Ich kann dir nicht sagen, was du tun sollst. Ich will dir einfach nur sagen, dass mein Bruder trotz all dem Blödsinn ein ehrenhafter Typ ist. Ich weiß, dass er sich um dich sorgt und ich hoffe, ihr beide werdet euch weiterhin sehen. Das ist alles."

Charlotte presste die Lippen aufeinander und nickte Finn langsam zu.

„Ich mag Noah auch. Ich bin sicher, das hast du bereits gemerkt. Ich brauche einfach nur ein paar Tage, um nachzudenken. Ich will eine gute Entscheidung treffen", sagte Charlotte.

Finn warf ihr ein weiches Lächeln zu.

„Ich bin mir sicher, das wirst du. Wir sehen uns Charlotte."

Damit nahm Finn seinen Koffer und ging wieder nach draußen. Er rief ein Taxi und sprang hinein und fuhr zum Flughafen. Er nahm sein Handy heraus und schrieb Noah einen kurzen Text.

Du regelst das besser mit Charlotte. Ich habe dir den Weg geebnet.

Noah antwortete nicht, aber Finn hatte das auch nicht erwartet. Nachdem er noch ein paar weitere Minuten über die Situation seines Bruders nachgedacht hatte, wandte Finn seine Gedanken wieder nach vorne. Es war Zeit, dass er sich auf seine eigene Zukunft konzentrierte, rausging und ein wenig Arbeit für sich selbst tat.

harlotte seufzte schwer, als sie den Umkleideraum der Krankenschwestern betrat. Ihre Füße und ihr Rücken schmerzten, ihr Kopf schmerzte und nach ihrer dritten 12-Stundenschicht hintereinander war sie erschöpft. Sie hatte die Nachtschicht letzten Abend übernommen, was hieß, dass sie nach Hause kommen würde, wenn all ihre Nachbarn zur Arbeit gingen. Dieser Teil warf sie aus irgendeinem Grund immer noch mehr aus dem Ruder. Wenn sie sah, wie die Menschen ihre Kinder ins Auto packten, und doppelt sichergingen, dass sie ihre Kunstprojekte und Mittagessen dabei hatten, fühlte Charlotte immer eine merkwürdige Leere in ihrem Bauch.

„Als wenn das nicht schon passiert gerade", murmelte sie.

Charlotte öffnete ihr Schließfach und zog ein paar Flip Flops heraus und warf sie auf eine Bank, um ihre Tennisschuhe auszuziehen.

„Geht's dir gut?", fragte eine Stimme.

Charlotte sprang beinahe auf, ehe sie sich umdrehte

und Connie hinter ihr fand, mit ihren eigenen Tennis-schuhen in ihrer Hand.

„Mein Gott hast du mich erschreckt", sagte Charlotte und schüttelte ihren Kopf. „Kommst du zu deiner Schicht?"

„Ja", antwortete Connie und setzte sich neben Charlotte, um ihre Schuhe zu wechseln. Es war ein bekannter Rhythmus für sie beide, da sie seit drei Jahren zusammen auf dieser Station arbeiteten. Krankenschwestern kamen und gingen im Kinderkrankenhaus, aber Connie und Charlotte waren der harte Kern in ihrer kleinen Abteilung. Nicht jeder konnte mit den wirklich harten Fällen umgehen, diejenigen, die oftmals in einer Tragödie endeten.

„Charlotte du siehst erschöpft aus", sagte Connie. Charlotte schaute hoch und fand den besorgten Blick ihrer Kollegin auf ihrem Gesicht.

„Ja, ich habe nicht so gut geschlafen. Ich mache mir wirklich Sorgen um Max dieses Mal", gab sie zu. „Seine letzten Laborergebnisse sehen nicht so gut aus."

„Mist", murmelte Connie atemlos. „Und er hatte so gute Laune in den letzten Tagen."

„Ja. Es ist eine nette Veränderung. Ein wenig komisch, aber schön", sagte Charlotte achselzuckend.

„Er hängt nicht viel mit anderen rum. Er hat keine Vaterfigur in seinem Leben. Jetzt gibt ihm dein männlicher Freund ein wenig Aufmerksamkeit –"

„WAS?", fragte Charlotte und schmiss aus Versehen einen ihrer Tennisschuhe durch das Zimmer.

„Noah", grunzte Connie und band ihre Schnürsenkel zusammen.

„Was genau ist mit Noah?", wollte Charlotte wissen.

„Er ist diese Woche jeden Tag hier gewesen."

Connie schaute hoch und warf Charlotte einen merkwürdigen Blick zu. „Ich dachte, du wüsstest das. Du bist
doch diejenige, die ihn hier erstmals mit hingebracht
hat."

„Ich —" zögerte Charlotte. Sie wollte auf keinen Fall
irgendwas tun, um Noah davon abzuhalten Max zu
besuchen. Besonders wenn das der Grund für Max'
kürzliche Veränderung in seinem Verhalten war. „Das
ist toll. Noah ist toll."

Charlotte gab ihr Bestes, nicht zusammenzuzucken,
als sie den letzten Teil sagte. Noah war wirklich sehr
nett und toll. Wenn er es schaffte, hier aufzutauchen
und sich zu entschuldigen, dann hätte sie ihm wahrscheinlich schon vergeben. Eine Röte kroch über ihre
Wangen, als sie sich vorstellte, was die *Vergebung*
enthalten würde, wenn sie es auf ihre Art machten.

„Vielleicht solltest du ein wenig schlafen. Nimm
doch Melatonin oder so", schlug Connie vor.

„Ich dachte, ein schönes heißes Bad sollte reichen",
sagte Charlotte. *Und vielleicht eine halbe Flasche Wein …*

Charlotte verabschiedete sich von Connie und eilte
nach Hause, sie brauchte unbedingt ein wenig Zeit
allein zum Entspannen. In kürzester Zeit stieg sie in ein
heißes Bad und stöhnte laut, als sie den ersten Schluck
des Malbecs nahm, den sie entkorkt hatte.

Sie ließ ihre Gedanken abschweifen, ihre Lippen
zuckten, als sie immer und immer wieder an Noah
dachte. Ihre Libido war normalerweise recht ruhig,
gesättigt von ein paar Einzelsitzungen im Monat, aber
jetzt erkannte sie, dass die einzige Angespanntheit und
Spannung die in ihrem Körper noch übrig war,
Begehren war. Sie wollte Noah wieder, sie konnte nicht
aufhören an seinen schlanken, muskulösen Körper zu
denken, daran wie sein großer Rahmen sie so klein und

zart fühlen ließ, die rauen Geräusche, die er machte, wenn er sie berührte, sie fickte -

Ihr Handy klingelte. Charlottes Augen gingen auf, ihr Gesicht wurde rot, als sie erkannte, dass ihre Fingerspitzen ihre eigenen Nippel streichelten.

Erwischt.

Sie kniete sich in der Wanne hin, wischte ihre Hand an einem Handtuch ab und lehnte sich vom Wasser weg, ehe sie ranging.

„Hallo?", fragte sie.

„Charlotte", antwortete Noah. Seine Stimme ließ sie vor Vorahnung zittern. War das endlich die Entschuldigung und der Versöhnungssex, den sie so unbedingt wollte?

„Hi, Noah", sagte sie. Ihre Stimme kam hoch und atemlos raus und ließ sie sich dumm fühlen.

„Ähm … ich habe etwas Schlimmes getan", sagte er.

Charlotte presste ihre Lippen aufeinander und dachte, das war eine merkwürdige Art für eine Entschuldigung.

„Hör zu Noah –", begann sie.

„Nein, nein. Ähm. Warte mal eine Sekunde. Es geht hier nicht um mich und dich. Ich habe vor einer Stunde etwas Dummes getan und ich brauche deine Hilfe. Ich bin ein wenig überfordert."

Charlotte war einen Moment wie erstarrt, ehe die Krankenschwester in ihr sich in Bewegung setzte.

„Sag mir, was passiert ist", seufzte sie.

„Kannst du … kannst du mich abholen? Ich bin schon in deinem Bezirk."

Charlotte hatte Noah noch nie so unbehaglich gesehen und die Neugier überkam sie.

„Okay", sagte sie nach einem Moment.

„Zieh dich bequem an. Wir sind in fünf Minuten da", warnte er sie, ehe er den Anruf beendete.

Wir? Charlotte schaute eine Sekunde verwirrt auf ihr Handy und kletterte dann aus der Wanne und machte sich fertig. Sie schaffte es, sich in ein rotes Kleid und weiße, flache Schuhe zu schmeißen und warf ein paar ihrer Habseligkeiten in eine Einkaufstasche. Sie hielt inne, um in den Spiegel zu schauen, legte ein wenig Mascara auf und ließ ihre Finger durch ihre langen, feuchten Locken fahren.

Sie hörte ein Auto draußen hupen und atmete tief ein und machte sich bereit. Als sie nach draußen trat, fand sie Noah auf dem Fahrersitz eines Cabrios mit dem Verdeck unten … und Max saß auf dem Beifahrersitz und winkte erfreut.

„Was zum …", Charlottes Magen drehte sich. Noah sprang aus dem Auto und ging ihr auf dem halben Weg durch den Hof entgegen, er blickte nervös.

„Ich … habe etwas getan", sagte er und zog seine Schulter hoch. In einer anderen Situation wäre seine Reue süß gewesen, aber im Moment war Charlotte überwältigt.

„Was macht Max denn hier?", fauchte sie und trat näher an Noah heran. Sie warf einen besorgten Blick auf Max, der sowohl begeistert als auch perfekt gesund aussah.

Leider wusste sie, dass Letzteres einfach nicht stimmte.

„Er hat mich gebeten, ihn für einen Tag zum Fluss zu bringen. Er sagte, er wollte noch einmal dorthin gehen und ich könnte nein sagen", sagte Noah und rieb sich mit der Hand den Nacken.

„Noah, Max ist wirklich richtig krank. Er kann nicht einfach so durch die Gegend laufen!"

„Er stirbt, Charlotte. Das hat er mir selbst gesagt."

Charlotte öffnete ihren Mund und schloss ihn wieder und schaute Max an.

„Er hat mir dir über seinen Krebs gesprochen?"

„Ja. Er ist ein wenig … gleichgültig damit", sagte Noah und sah unbehaglich aus. „Ich habe ihn gefragt, ob ich etwas für ihn tun kann und damit meinte ich wie … ihm ein neues Xbox Spiel oder eine Pizza zu kaufen … Und er hat mich um das gebeten."

„Und du hast mich angerufen, um den Schaden einzugrenzen? Ich könnte meinen Job deswegen verlieren, Noah."

Noah zuckte zusammen und sah verärgert aus.

„Es tut mir leid. Ich … ich kann ihn einfach nicht alleine mitnehmen. Wenn etwas passiert … ich kann nicht mal jemanden wiederbeleben oder so etwas. Er hat ein wenig Medikamente mitgenommen, aber ich hab keine Ahnung, wie die funktionieren oder …"

Noah brach ab und seufzte schwer. Charlotte sah ihn lange unschlüssig an. Am Ende streckte Noah seine Hände aus, griff ihre Taille und zog sie zu sich. Er schaute sie an, seine grünblauen Augen leuchteten, seine Augen waren hell vor Gefühlen.

„Bitte Charlotte. Niemand muss wissen, dass du mit uns gekommen bist. Max wird nichts sagen. Bitte."

Die Bescheidenheit seiner Worte nahm ihr den Atem. Sie hatte mehrere Seiten an Noah gesehen: Den Snob, den Spaßvogel, den Verführer, den Intellektuellen, den Idioten.

Aber dieser Mann, der sie ansah, als würde seine ganze Welt an ihr hängen, das war eine Seite, die sie nicht verachten konnte.

„Okay", sagte sie und versteifte sich, als Noah sie in seine Arme zog und sie küsste. Die Umarmung war schnell vorbei und ehe sie sich versah, führte Noah sie zum Auto und half Max in den Rücksitz. Charlotte schluckte und als sie sich hinsetzte und sich anschnallte, fragte sie sich, ob sie alle einen schrecklichen Fehler machten.

KAPITEL 19

„Du bist so dumm, Charlotte Krall", schalt sie sich selbst.

Ein Blick auf Max aufgeregtes Gesicht, hatte Charlottes Bedenken darüber, ihm einen Tag freizugeben, beseitigt, so nannten sie es jetzt. Ein Halt bei Target hatte Tücher, Sonnencreme, Wasser, Snacks und eine Badehose für Max geliefert. Charlotte gab Noah die Adresse für ihren Lieblingsschwimmplatz, weniger als eine Stunde außerhalb von St. Louis. Jedes Kind hier wuchs damit auf, im Fluss zu schwimmen, selig unwissend über den Status ihres Staates als Binnenstaat.

Die süße Absicht hinter dem Tag und Noahs blühende Freundschaft mit Max, hatten den Deal besiegelt. Wie konnte jemand einem kranken Jungen oder einem schönen Berserker Mann widerstehen?

Jetzt hielt Charlotte ihre Hand an die Augenbrauen, um ihre Augen vor der späten Nachmittagssonne zu schützen, während sie auf den Strand starrte und wartete. Als sie endlich einen riesigen Bär und einen kleinen Panther entdeckte, die in ihre Richtung kamen, seufzte sie erleichtert. Sie hatte Max gebeten sich nicht zu verwandeln, sie hatte Angst, dass er zu viel von seiner kostbaren Energie verbrauchte, aber er hatte es dennoch gemacht. Gott sei Dank war Noah kein Spielverderber, er verwandelte sich und folgte Charlottes Patienten. Sie waren lange Zeit weg gewesen und Charlotte hatte angefangen, sich Sorgen zu machen, das etwas nicht stimmte.

Als Noah und Max endlich wieder zur Decke kamen und sich verwandelten und den Sand von ihren Körpern schüttelten, während sie nach ihren Kleidern griffen, entspannte Charlotte sich ein wenig.

„Okay. Ich glaube, das reicht für heute oder?", fragte Charlotte und überreichte Max einen Stapel Kleidung, der neben ihren abgeworfenen Strandtüchern lag.

Max streckte sich auf eine Seite der Decke aus und ließ Charlotte und Noah eng am anderen Ende zusammenrücken. Sie spielten im Wasser, schliefen und hatten einen netten späten Snack gegen vier Uhr. Charlotte schaute weiterhin nach der Zeit, wissend, dass sie das hier beenden und Max wieder in sein Krankenhausbett bringen mussten. Seine Lebendigkeit verschwand jetzt schnell, obwohl er sich Mühe gab, das zu verstecken.

„Ich gehe noch einmal ins Wasser", sagte Max.

„Okay. Wir müssen schon bald einpacken, Kumpel", sagte Noah zu Max. Charlotte zog eine Augenbraue hoch und war beeindruckt. Sie hatte angenommen, dass sie hier sein würde, um die Regeln festzulegen und als Max' Kindermädchen aufzutreten, aber Noah hatte die Verantwortung vollständig übernommen. An einem anderen Tag wäre das vielleicht einfach nur ein entspannter Tag. *Wenn es das nur wäre,* dachte Charlotte.

Max rannte weg und tauchte ins Wasser ein und ließ Charlotte vor Nervosität zusammenzucken. Er tauchte auf und spritzte herum, er machte eine große Show daraus, energisch und glücklich zu sein.

Charlotte warf Noah einen wissenden Blick zu und er nickte ihr zu.

„Ich hasse es, dass wir gehen müssen, aber ich glaube, er wird schon bald kaputt sein", sagte Noah.

„Ja. Daran gibt es absolut keinen Zweifel", stimmte Charlotte zu.

„Danke, dass du mit uns gekommen bist", sagte Noah und nahm ihre Hand in seine Große.

„Ich habe nicht viel Wahl in der Angelegenheit", sagte Charlotte mit einem Augenrollen.

„Ja. Tut mir leid", sagte Noah. Er schien wirklich zerknirscht, was Charlottes Wut besänftigte. Ihr ursprünglicher Schock und Ärger war in den vergangenen Stunden verschwunden. Es war unmöglich, böse zu sein, wenn Max so glücklich war und Noah so süß und gentlemanlike.

Charlotte rutschte ein wenig näher an Noah heran und konnte der Verlockung seiner Wärme und Stärke nicht widerstehen. Sie schaute zu ihm hoch und war wieder überrascht von der Schönheit seines Gesichts, den straffen Muskeln unter seinem grauen Flannelshirt und der dunklen Jeans. Er trug sogar Turnschuhe, die ihn aussehen ließen, wie der zum Sterben schöne Leadsinger irgendeiner heißen Rockband.

Charlotte griff hoch und strich sein Haar aus seiner Stirn und ließ ihren Daumen die stoppelige Linie seines Kiefers entlangfahren. Sie sog den Atem ein und drückte ihre Lippen auf seine, sie versuchte ihr Bestes, um die Dinge einfach zu halten und sich daran zu erinnern, dass Max nur zwanzig Meter entfernt war.

Noah erwischte ihre Unterlippe zwischen seinen Zähnen und zog sanft daran und Charlotte musste ein Stöhnen der Lust zurückhalten. Wenn sie alleine waren, würden sie ohne Zweifel schon halb nackt sein und etwas viel weniger Unschuldiges tun, als nur zu knutschen.

Noah zog sich zurück und schaute sie an.

„Es tut mir leid, was ich damals über deine Familie gesagt habe. Ich habe das einfach so von mir gegeben", sagte er.

Charlotte nickte.

„Es ist okay. Ich meine, nicht das, was du gesagt hast. Aber Menschen sagen Dinge, das passiert. Ich hätte besser reagieren sollen."

„Ich denke zumindest haben wir unseren ersten Streit beseitigt", sagte Noah und warf ihr ein volles, bezauberndes Lächeln zu. Er hatte das schönste Lächeln, seine perfekten Zähne und Lippen erhellten sein gesamtes Gesicht, Lachfalten beschwichtigten sein Alphaauftreten.

„Erster Streit, hm?", sagte Charlotte und grinste ihm an.

„Ja. Ich hatte noch nicht viele ernsthafte Beziehungen, aber ich höre, dass der erste Streit ein wichtiger Übergangsritus ist", stimmte Noah an.

Ehe Charlotte antworten konnte, stapfte Max in ihre Richtung. Sie drehten sich beide zu dem Jungen um und Charlotte konnte mit einem Blick sehen, dass er zitterte.

„Max, lass uns dir etwas Warmes anziehen, okay? Ich hole dir eine Sprite, wenn wir im Auto sind, damit dein Blutzucker ein wenig hochgeht", wies Charlotte ihn an.

Sie sah herüber zu Noah, und sah dieselbe Besorgnis die sie spürte auf seinem Gesicht. Sie arbeiteten in perfektem Einklang, um Max trocken und warm zu bekommen, ehe sie sich auf die lange Fahrt zum Krankenhaus machten.

KAPITEL 20

Die perfekte, glückliche Blase ihres "freien Tags" platzte, sobald sie die Stadtgrenze von St. Louis erreichten. Charlotte saß hinten mit Max und ließ ihn auf ihrem Schoss ruhen. Max war erschöpft von dem Ausflug eingeschlafen und Charlotte gab sich Mühe, damit er bequem lag. Sie beobachtete Noahs besorgten Blick im Rückspiegel, aber er sprach nicht viel auf dem Weg zurück.

„Ich werde ihnen sagen, dass Max zu mir nach Hause gekommen ist", sagte Charlotte. Noah drehte sich, um sie kurz anzusehen, ehe er sich wieder auf die Straße konzentrierte.

„Okay", war seine kurze Antwort.

„Ich werde sagen, dass ich dich angerufen habe, um mir zu helfen, ihn dazu zu bewegen wieder zurück ins Krankenhaus zu gehen. Lass mich einfach reden oder wir bekommen jede Menge Ärger. Ich bringe ihn alleine rein."

Noah sah aus, als wenn er streiten wollte, aber dann nickte er einfach. Charlotte schaute Max an und überlegte sich, ihn erst ein paar Minuten vorher aufzuwecken, ehe sie das Krankenhaus erreichten. Sie wurde still und bemerkte, dass sein Atem flacher wurde. Sie schüttelte ihn sanft.

„Max?", fragte sie. Keine Antwort. „Max? Kannst du aufwachen, Kumpel?"

Er öffnete seine Augen und warf ihr ein müdes Lächeln zu.

„Ich habe Durst", flüsterte er. Seine Stimme war hauchdünn.

Charlotte griff eine Flasche Wasser und gab sie ihm.

„Wie fühlst du dich?", fragte sie und versuchte nicht zu überbesorgt auszusehen.

„Nicht so gut", sagte Max mit einem Achselzucken. „Ich bin trotzdem froh, dass wir gegangen sind. Ich habe mich seit Wochen nicht verwandelt."

Charlotte zögerte.

„Hör mal, Max ... wegen heute ..."

„Ich kann ihnen nicht sagen, dass du und Noah mich mitgenommen habt?", fragte Max.

„Ja", sagte Charlotte nickend. „Ich glaube, ich würde es als eine Entführung bezeichnen, auch wenn du gehen wolltest."

„Erwachsene sind dumm", sagte Max völlig ernst.

Charlotte schaute Noah an und bemerkte, dass sein Ausdruck genau denselben traurigen Humor zeigte, den sie fühlte.

„Du hast recht. Aber wir sind jetzt im Krankenhaus, also lass uns aussteigen und ich bringe dich nach oben, ja?"

„Was ist mit Noah", fragte Max.

„Noah wird später kommen, wenn ich dich reingebracht habe", versprach Charlotte.

„Machst du das, Noah?", fragte Max.

„Darauf kannst du wetten. Das lass ich mir nicht entgehen", sagte Noah.

Charlotte warf ihm ein kurzes Lächeln zu, ehe sie die Autotür öffnete und ausstieg und dann Max hinaus half. Sie warf Noah einen letzten Blick über ihre Schulter zu, während sie Max in einen Rollstuhl half. Er winkte ihr ernst zu und sah unsicher aus.

Charlotte stellte sich gerade hin und schob Max in Richtung Fahrstuhl.

„Lass uns mal sehen, was wir für Probleme bekommen, hm?", sagte sie, während sie Max nach oben brachte.

KAPITEL 21

„Du hast einen Besucher", rief Connie, als sie in Max' Zimmer trat.

Charlotte erhob sich von ihrer zusammengesackten Position im Stuhl neben Max' Bett. Sie räusperte sich und legte die sämischen Akten mit Max neusten Laborergebnisse an die Seite.

„Er schläft noch, tut mir leid", sagte Charlotte zu Connie.

„Für dich, nicht für Max. Oder für euch beide, was auch immer", sagte Connie und winkte mit einer Hand. Sie trat zurück und Noah erschien in der Tür und füllte sie mit seiner Größe und seiner Masse.

„Hey du", sagte Charlotte und versuchte leise zu sein. Noahs Blick wanderte von ihr zu Max und wieder zurück, mit einem fragenden Blick. Charlotte stand auf und ging zu Noah, angezogen von ihm wie ein Magnet. Sie streckte eine Hand heraus und suchte Trost und seufzte beinahe laut, als er ihre Hand nahm.

„Lass uns dir eine Limonade holen", schlug sie vor

und nickte zu Max. Sie wollte mit Noah über ihren Patienten sprechen, aber nicht in Hörweite.

„Klar. Ich hol uns welches", sagte Noah. Sein Ton war ruhig und passte zu der Dunkelheit in seinen Augen und Charlotte gab seiner Hand einen sanften Druck.

Sie gingen hinüber zu den Verkaufsmaschinen in der verlassenen Familienlounge und er griff nach ein paar Limos, ehe sie sich in die unbequemen Krankenhausstühle setzten.

„Was gibt es für Neuigkeiten?", fragte Noah. „Was ist passiert, als ihr zurückgekommen seid?"

„Connie hatte Dienst und sie hat keine Fragen gestellt. Sie hat nur bekannt gegeben, dass er zurück ist. Dr. River schien nicht so glücklich, aber er wollte Max nicht ausschimpfen. Nicht nach ..." Charlotte hielt eine Sekunde inne, nahm einen Schluck von ihrem Soda, während sie versuchte herauszufinden, was sie sagen sollte. „Max ist viel kränker, als ich erkannt habe. Seine Laborwerte von gestern sind gekommen, während wir weg waren ... es sieht nicht so gut aus. Seine weißen Blutzellen sind fast völlig verbraucht. Sie müssen ihn vielleicht heute noch in ein isoliertes Zimmer bringen."

„Deswegen ist er vielleicht so müde, denk ich", sagte Noah.

Charlotte nickte.

„Ja. Armes Kind", seufzte sie.

„Haben wir ... haben wir noch mehr Schaden angerichtet, indem wir ihn heute mitgenommen haben? Ich meine, er hat all das Fast Food gegessen und ist im Fluss geschwommen ..." Noahs Schultern sackten nach unten.

„Ehrlich Noah, ich weiß es nicht. Aber du kannst einen Verwandler nicht so lange von der Natur weghalten. Wenn wir ihn nicht mitgenommen hätten, wäre Max schon bald alleine weggelaufen, früher oder später. Zumindest hatte er so einen Tag voll Spaß und ist heil wieder ins Krankenhaus gekommen."

„Also ... was passiert jetzt?"

„Wir warten. Wenn sich sein Immunsystem erholt, dann kriegt er vielleicht noch mal die Kurve und erholt sich. Wen nicht, wird es ihm immer schlechter und schlechter gehen."

Charlotte fühlte einen merkwürdigen Abstand, als sie das erklärte, als wenn ihre Krankenschwesterseite übernahm, die den trauernden Angehörigen eine Diagnose gab. Innerlich fühlte sie sich total zerrissen, traurig, aber die Jahre medizinischen Trainings hielten sie äußerlich gelassen und kühl.

Noah dagegen sah miserabel aus. Er fuhr mit seiner großen Hand über sein Gesicht und durch sein Haar und blies wütend Atem aus. Er stützte sich mit seinen Ellbogen auf seine Knie und ließ seinen Kopf hängen.

„Das ist schrecklich. Wie kannst du das jeden Tag aushalten?", fragte er. Sein Ton war so hart, dass Charlotte sich fast zurückzog, aber ihre Erfahrung mit der Reaktion der Menschen auf schlimme Krankheiten sagten ihr, dass Noah nicht mit ihr böse war.

„Jemand muss das tun. Ansonsten wären Kinder wie Max alleine", erklärte sie.

Noah schaute zu ihr hoch, tausend ungenannte Gefühle wirbelten in den tiefblauen Augen. Etwas rührte sich tief in Charlotte, ein Begehren. Lust, ja, aber auch noch etwas anderes. Etwas Tieferes, Dunkleres.

„Hast du auch ein Ritual für diesen Teil?", fragte Noah.

Charlotte warf ihm ein weiches Lächeln zu und schüttelte ihren Kopf.

„Normalerweise trinke ich guten roten Wein und gehe schlafen. Aber heute …bin ich lieber nur bei dir", sagte sie zu ihm.

„Ich kann mir nichts Schöneres vorstellen", erwiderte Noah und stand auf und zog Charlotte auf ihre Füße.

Nach dem sie kurz angehalten hatte, um mit Connie zu sprechen, und sie darum zu bitten, anzurufen, falls Max Zustand sich auch nur gering verschlechterte, drehte Charlotte sich um und führte Noah zu den Fahrstühlen und aus dem Krankenhaus heraus.

KAPITEL 22

*D*ie Autofahrt und die Hotellobby waren flüchtige Momente für Charlotte, alles, worauf sie sich konzentrieren konnte, war der Druck von ihrem Körper an Noahs im Auto, die weichen Schwielen an seinen Händen, die die nackte Haut ihrer Arme und Handgelenke berührten. Sie erinnerte sich nicht an die Fahrt im Fahrstuhl, als Noah brennende Küsse auf ihren Kiefer gedrückt hatte, konnte nicht den langen Flur sehen, als er sie gegen die Länge seines Körpers drückte, um sie seine Härte spüren zu lassen, konnte nicht daran denken, die Türen zu öffnen, als seine Nase ihr Ohr berührte, während er einen langen Atemzug von ihrem Duft nahm.

Als die Tür des Hotelzimmers hinter ihnen mit einem Krachen ins Schloss fiel, drehte Charlotte sich in Noahs Umarmung. Sie glitt mit ihren Armen über seine Schultern, stellte sich auf ihre Zehenspitzen und suchte seine Lippen, machte ihr Begehren so offensichtlich wie seins. Noah drehte sie zur Wand und riss dabei ein Bild von der Wand. Seine Hände umfassten ihren

Hintern, hoben und schoben sie nach oben, während er sich an sie presste und sie hielt, als wenn sie nichts wog.

Eine von Noahs Händen berührte ihre Schulter und ihren Nacken, ehe seine Finger sich in ihr Haar wühlten, ihren Kopf zurückzogen und ihre Lippen suchten, um in ihren Mund einzudringen. Sein Kuss war verzweifelt und einnehmend, er machte tiefe Stöße mit seiner Zunge, während er seine Hüften an ihre presste.

Charlotte stöhnte in seinem Mund, drückte ihren Rücken durch, um ihre Brüste näher an Noahs verlockende Hitze zu drängen. Sie stieß ein überraschtes Jaulen aus, als er sie hochnahm und sie in das großzügige Badezimmer des Hotels trug und sie auf den Marmorrand der Badewanne setzte.

Noah drehte sich zur riesigen gekachelten Dusche, die von zwei dünnen Glasscheiben umfasst war und drückte mehrere Knöpfe an der Wand. Dampfendes Wasser spritzte aus mehreren Duschköpfen und sofort bildete sich Nebel im Zimmer.

Als Noah sich wieder zu ihr drehte, bekam Charlotte bei der Intensität in seinem Ausdruck weiche Knie. Sie griff nach ihm und ließ ein Knurren hören, dass durch das Badezimmer hallte. Noah zog sich schnell aus, kein verführerischer Tanz oder Neckerei. Dennoch fühlte Charlotte ihren Puls sich beschleunigen und ihre Augen wurden groß, als sie jeden Zentimeter dieses gebräunten, muskulösen Körpers in sich aufnahm, hart und bereit und hungrig auf sie. Sie biss sich auf ihre Lippen, während ihre Augen nach unten wanderten, zu der harten, dicken Länge seines Schwanzes.

Sie erschrak, als Noah die Lücke zwischen ihnen

schloss, nach dem Saum ihres Kleides griff und es hochzog und es in zwei ruckartigen Bewegungen auszog. Er zog ihr ihren BH und die Unterhose aus, seine Berührung war so rau, dass er tatsächlich ihre knappen schwarzen Shorts zerriss.

Charlotte konnte sich nicht bewegen, sie war wie gefangen. Sie starrte ihn an, während er ihre Klamotten auf die Seite schmiss, völlig vertieft in den dunklen, heißen Hunger der Noahs Blick ausstrahlte und drohte, sie beide lebendig zu verbrennen. Charlotte zuckte, und erkannte, dass ein Teil von ihr das sehr, sehr dringend wollte.

Als Noah ihre Hüften griff und sie wieder hochnahm, seinen Schwanz gegen ihren weichen Bauch drückte, während er sie in die Dusche zog, erkannte Charlotte wie nass sie für ihn war. Er stand inmitten der Dusche, genau dort wo sich drei separate Wasserstrahlen trafen und starrte sie mehrere lange, zitternde Sekunden lang an.

„Was hast du mit mir gemacht?", fragte Noah und seine Stimme war nichts weiter als ein Grollen in seiner Brust. Seine Augen fuhren suchend über ihr Gesicht, schauten ihre nackten Brüste an, aber er schien mehr zu sich selbst zu sprechen als zu ihr.

„Noah −", begann Charlotte, aber er küsste sie wieder, seine Lippen teilten ihre und seine Zunge stieß mit einem süßen, harten Rhythmus in sie, der einzigartig für Noah war. Heißes Wasser spritzte über sie beide und machte jeden noch so kleinen Kontakt unglaublich angenehm.

Eine seiner großen Hände legte sich über ihren Rücken, umarmte ihre Taille, während die andere ihre Brust umfasste und knetete. In dem Moment, als sie sich unter seinem Kuss entspannte, riss er seinen Mund von ihr los und nutzte seine Zungenspitze, um ihr Ohr zu necken und zu entdecken, er knabberte mit seinen Zähnen an ihrem Ohrläppchen. Charlotte schrie auf und wand sich, das Gefühl, sandte eine heiße Hitze in ihre Nippel und direkt nach unten in ihren Schoß.

Sie ließ einen Arm um seinen Nacken gleiten und hob ein Knie, rieb ihren Fuß entlang der harten Linien seines Zehs und seiner Wade. Jeder Zentimeter an ihm war purer, schlanker Muskel und verdammt, wenn sie das nicht umbringen würde. Sie fuhr mit der freien Hand über seine Rippen und Hüften und seufzte vor Verlangen.

Noah versteifte sich unter ihrer Berührung, sein Schwanz zuckte an ihrem Bauch und machte seiner Schwäche Platz. Charlotte grinste ihn an, machte einen halben Schritt zurück und ließ ihre Fingerspitzen an seinen Bauchmuskeln entlanglaufen, sie leckte ihre Lippen, während seine Augen sich sichtbar mit fleischiger Lust verdunkelten. Als sie ihre Finger um seine tropfende Erektion schloss, zitterte ihr großes Alpha Männchen sogar.

Sie glitt einmal mit ihrer Hand über seinen nassen Schwanz, fuhr mit ihrem Daumen über die nackte Krone und sie hatte ihn genau dort, wo sie wollte, jeder Muskel trat hervor, während er kämpfte, um ruhig und still zu bleiben, er hielt sich eng an seine letzte Reserve der Kontrolle.

Unachtsam prasselte das Wasser auf sie herunter, Charlotte verschloss ihren Blick auf Noah und sank auf ihre Knie. Sein Ausdruck wurde schwer, schon fast feindlich, aber er bewegte keinen Muskel. Charlotte leckte sich wieder über ihre Lippen, während sie ihn ebenfalls anstarrte, eine direkte Herausforderung.

Sein dominantes Knurren wurde unterbrochen, als

ihre Lippen die Spitze seines Schwanzes streiften und sich teilten, um ihre Zunge die heiße, nasse Unterseite seiner Krone streifen zu lassen. Noahs Hüften zuckten, während er Luft holte, sein Knurren kam zurück. Anstatt sie jedoch aufzuhalten, steckte er eine Hand in ihr feuchtes Haar und hielt sie an Ort und Stelle.

Charlotte starrte weiterhin Noah an, während sie ihren Mund auf machte und ihn in sich aufnahm, so tief, wie sie es schaffte. Er war zu lang und dick für sie, um ihn ganz zu schlucken, aber sie wandte ihre Faust um die Basis seines Schwanzes und beugte ihren Kopf langsam und genoss die Qual in Noahs Augen.

Seine Finger verkrampften sich in ihrem Haar, während sie ihre Zunge um die Spitze bewegte. Sie griff mit einer Hand nach seiner Hüfte, um ihn davon abzuhalten in ihren Hals zu stoßen, auch wenn sie wusste, dass er sich kaum noch unter Kontrolle hatte. Stattdessen behielt sie ihren Rhythmus beständig bei, saugte und leckte, bis Noah ein schmerzvolles Knurren hören ließ.

„Charlotte", keuchte Noah und versuchte sich ihr zu entziehen.

Sie ignorierte ihn und ließ ihre freie Hand zwischen seine Beine fahren, um seine Bälle anzufassen und zu necken.

„Charlotte", sagte er wieder und seine Stimme klang verzweifelt, schon fast bedrohlich.

Noahs ganzer Körper vibrierte und spannte sich für mehrere lange Momente an, bis er steif wurde und schrie, sein Schwanz pulsierte, als er kam und ihr hart in ihren Mund stieß.

Der salzige Geruch seiner Samen füllte ihre Sinne, während sie leckte und ihn blies und zum Orgasmus brachte.

Charlotte keuchte, als Noahs Hände sie wegzogen und sie auf die Füße stellten. Wenn sie erwartet hatte, dass er satt und zufrieden war, dann lag sie völlig falsch. Sein Mund senkte sich zu ihrem, so hart und fordernd wie noch nie. Er drückte sie an die Wand, hob sie hoch und nagelte sie mit seiner Hüfte an die richtige Stelle.

Seine Lippen verließen ihre, während er ein gequältes Stöhnen ausstieß, eine Hand umfasste ihren Hintern, während die anderen ihre Brust entdeckte. Sie war schockiert, als sie seinen Schwanz spürte, der an ihrem Bauch erneut hart wurde, als er sich gegen ihr weiches Fleisch rieb. Charlotte schaute zu ihm hoch, bezaubert von dem wachsenden Ausdruck hungriger Entschlossenheit.

Er ließ seine Hand zwischen sie gleiten, seine Finger fanden und liebkosten ihre Klit und entfachten Flammen der Lust. Sie konnte ihn noch auf ihren Lippen schmecken, als seine Finger herunter wanderten, um ihren Kern zu berühren, ein dicker Finger glitt in sie hinein. Sie schrie auf und kratzte mit ihren Nägeln über seine Schultern und wollte mehr.

Noah nahm seinen Schwanz und stieß ihn in sie, streckte und füllte sie, ohne zu zögern. Dieses Mal war es kein sanftes Streicheln, keine Vorbereitung, ehe er hart in ihre nasse Grotte stieß und ihr den Atem und die Gedanken nahm, während er sich in ihr bewegte.

Noahs Hände fanden ihre Hüften, hielten sie gegen die Duschwand gedrückt, während er zitternd und keuchend in sie stieß. Die kühlen Kacheln an ihrem Rücken, das heiße Wasser, das von Noah auf ihre Brust tropfte, das Gefühl ihrer Nippel an seiner Brust, der Blick von völliger Konzentration auf seinem Gesicht … Charlotte stand in Flammen, ihre Lippen und Zähne entdecken seinen Nacken und seine Schultern, während er sie fickte, sein Schwanz berührte jede sensible Stelle in ihrem Körper. Er beanspruchte sie, markierte sie, nahm und gab alles, was sie je gekannt hatte.

„Noah!", schrie sie, ihr Körper spannte sich an und innere Muskel zuckten. Sie kam ohne Warnung, zog sie beide in ihren Bann, seine Schreie vermischten sich mit ihren eigenen in der heißen Luft. Für mehrere Momente wusste sie nichts mehr, sie fühlte nur das heiße, flüssige Vergnügen der Lust an ihren Brüsten und ihrem Kern und ihren Lippen.

Als sie endlich gegen Noah sank, ließ er sie herunter, beide standen wackelig unter der jetzt kühlen Dusche. Sie lehnte sich aneinander, rangen nach Atem, bis Charlotte zu zittern begann. Dann zog Noah sie aus der Dusche, zog sie nah an sich und nahm sie hoch. Er wickelte sie in ein dickes, weiches Handtuch und trug sie zum Bett. Er setzte sie hin und verschwand einen Moment, ehe er eingewickelt in sein eigenes Handtuch zurückkam, und ein weiteres in der Hand hielt, um es unter ihr Kissen zu legen.

Noah zog die Decke zurück und kletterte darunter und Charlotte folgte ihm, fromm wie ein Lamm. Er zog sie seufzend in seine Arme und zog sie an seine Seite. Sekunden später fiel Charlotte in einen langen, traumlosen Schlaf.

KAPITEL 23

*A*ls Noah aufwachte saß Charlotte am Stuhl in der Nähe des Fensters und starrte blass ihr Handy an. Sie trug eines seiner Shirts und hatte es nur mit einem Knopf unter ihren Brüsten zugeknöpft und Noah wollte sie sofort erneut, sein Körper wurde hart. Der Blick auf ihr Gesicht hielt ihn davon ab, in sie hineinzustoßen.

„Gibt es Neuigkeiten?", fragte er und stand auf und streckte sich. Charlotte schaute ihn mit hochgezogenen Augenbrauen und einem amüsierten Lächeln an und schüttelte ihren Kopf.

„Nichts bis jetzt. Ich werde ein wenig verrückt", gab sie zu.

Noah griff ein frisches Paar Boxershorts und ein T-Shirt aus seinem Koffer und zog sich an, ehe er sich auf den Stuhl gegenüber setzte. Er schob seine Aktentasche über den Tisch und lehnte sich über den Tisch und nahm ihre Hand.

„Ich kann nicht glauben, dass du das mit allen Patienten machst. Eine normale Person würde das umbringen ", sagte Noah.

Sie wurde rot und schüttelte wieder ihren Kopf.

„Ich nicht. Ich meine, ich sorge mich um jeden Patienten. Aber Max ist etwas ganz Besonderes für mich."

„Ich kann sehen warum. Er ist ein unglaubliches Kind, wirklich klug. Er hat ein gutes Herz unter all dem Schmerz und der Wut, dass er im Pflegesystem ist. Ich kann nicht glauben, dass seine eigenen Leute ihn nicht genommen haben", grummelte Noah.

Charlottes Brust hob sich, während sie einen tiefen Atemzug nahm. Sie wandte sich mit diesem saphirblauen Augen Noah zu und ließ beinahe sein Herz stehen bleiben.

„Ich habe im Krankenhaus Papiere ausgefüllt, um Adoptivmutter zu werden. Ich bin nur ein großer Feigling sie einzureichen", sagte sie.

Noah blieb der Mund offen stehen. Von all den Dingen, die er erwartet hatte, war es das am Allerwenigsten.

„Du … du willst Max adoptieren?", fragte er und versuchte, seine Stimme im Zaum zu halten. Er ließ den Gedanken sacken und stellte sich Max in Charlottes Garten vor, er stellte sie sich beide Arm in Arm vor. Das war süß, aber …

„Ich habe das letzte Mal, als er im Krankenhaus war, die Papiere ausgefüllt. Ich habe viel nachgeforscht und …"

Charlotte zuckte die Achseln und zog ihre Hand weg und schaute auf ihren Schoß.

„Warum hast du es noch nicht getan?"

Sie sah überrascht auf.

„Es ist eine große Verantwortung", sagte sie. „Ich

müsste mein Haus verkaufen, ein größeres finden näher an einem guten Schulbezirk. Und ich arbeite viel, das würde also schwer werden."

Ehe Noah noch etwas anderes sagen konnte, schüttelte Charlotte sich.

„Können wir über etwas anderes sprechen? Es fühlt sich ein wenig morbide an."

Noah schaute sie an und seufzte innerlich bei ihrem Unbehagen.

„Ich will dir etwas zeigen", sagte er. Er öffnete seine Aktentasche und zog seinen Laptop heraus und öffnete die neusten Fotos. Er drehte den Laptop in Richtung Charlotte und lächelte, als ihre Augen sich weiteten.

„Du hast die gemacht?", fragte sie und scrollte sich durch ein Dutzend Fotos von Max.

„Das hab ich."

„Die sind toll. Man sieht gar nicht, dass er krank ist!", sagte sie.

„Ich habe ihn gefragt, ob ich ihn interviewen kann und seine Bedingung war, dass er auf den Fotos gesund aussieht, ich habe sie also ein wenig bearbeitet", gab Noah zu.

Charlotte schaute ihn an und biss sich auf ihre Lippe. Sie zögerte, dann zog sie scharf die Luft ein.

„Kann ich dein Interview lesen?", fragte sie und ihre Stimme war nur ein Flüstern.

„Klar", sagte Noah. Er rief ein Dokument auf und stand auf. "Ich gehe duschen. Mach es dir bequem."

Noah schleppte sich unter die Dusche, und wurde immer gereizter von seiner Unfähigkeit, Charlotte auch nur für eine Handvoll Minuten alleine zu lassen. Sie hatte wahrscheinlich schon genug von ihm. Und so durchfuhren ihn mehrere Gefühle, während er duschte, sich schrubbte und wusch und versuchte, nicht wie ein liebeskranker Schuljunge zu seufzen. Der Gedanke ließ ihn innehalten, finster dreinblicken und dann seinen Kopf gegen die kühle Kachelwand schlagen. *Liebe* war in Noahs Vokabular nicht vorgesehen.

„Ich bin so am Arsch", sagte er laut. „So, so am Arsch, wenn ich überhaupt über das Wort nachdenke."

Er stellte die Dusche aus und trocknete sich ab und schlang das Handtuch um seine Taille. Als er aus dem Badezimmer kam, gab Charlotte ihm fast einen Herzinfarkt. Sie flog in seine Arme und gab ihm einen langen, verzweifelten Kuss. Als sie ihre Arme und Beine um Noah schlang und aufs Bett zog, gab es nicht einen Funken Widerstand in ihm. Sein Frust über ein Wort mit fünf Buchstaben wurde von Charlottes unwiderstehlichem und beträchtlichem Charme verbannt.

KAPITEL 24

„Mein Hirn fühlt sich an, als ob es voll mit Matsch wäre", Charlotte und drehte sich um und drückte ihren schweißnassen, nackten Körper an seinen.

„Wirklich? Ich habe mich schon vor zwei Orgasmen so gefühlt", informierte Noah sie.

Charlotte kicherte und drückte ihre Lippen auf seine. Er hatte sie noch nie so unbeschwert gesehen und er fühlte sich gut dabei. Er fühlte sich noch besser, seitdem er amerikanischen Boden betreten hatte. Dennoch nahm er an, sollten sie noch etwas anderes außer ficken tun. Charlotte hatte ein wenig empfindlich bei der letzten Runde gewirkt und wenn sie nicht bald aus dem Bett kamen, würde er es sowieso noch einmal mit ihr machen. Das Luder, das sie war, würde es wahrscheinlich zulassen.

„Okay. Was steht heute auf dem Plan? Arbeitest du?", fragte er.

„Nein", schnaubte Charlotte. „Jetzt ist eine gute Zeit zu fragen, da es wahrscheinlich schon mittags ist.

Außerdem, ich glaube, ich sollte nach Max sehen. Nach gestern …"

„Wir sollten nach ihm sehen, meinst du", sagte Noah und warf ihr einen Blick zu.

Ihr verführerisches Lächeln ließ seinen Magen unangenehme Dinge tun.

„Okay", stimmte sie zu.

„Es tut mir leid, das heißt, dass du Kleidung anziehen musst", sagte er stirnrunzelnd.

Charlotte lachte und rollte mit den Augen und gab ihm einen verführerischen Blick, während sie aus dem Bett stieg und ihre Klamotten suchte. Noah konnte nicht anders als es ihr nachzutun, also stand er auf und zog sich an.

Sie fuhren zum Kinderkrankenhaus und Noah war voll von nervöser Energie. Er bekam das Bild von Charlotte und Max, die sich umarmten, nicht aus seinen Gedanken, als wenn es sich in seine Hintergedanken gebrannt hätte. Er hatte das Gefühl, am Rande von etwas zu sein, aber verdammt zu sein, wenn er noch weiter forschen wollte. Er hatte seinen Reisejob gekündigt, er hatte ein Mädchen gefunden, mit dem er es vielleicht ernst meinte …. Er befand sich bereits außerhalb seines Komfortbereichs. Ziemlich weit außerhalb tatsächlich.

„Was?", fragte Charlotte und warf ihm einen skeptischen Blick zu.

„Was?", fragte er.

„Du seufzt immer so schwer. Willst du mir sagen warum?"

Noah zog eine Augenbraue hoch und presste seine Lippen aufeinander.

„Auf keinen Fall", sagte er. „Und guck, wir sind schon da."

Er fuhr auf den Parkplatz und sprang heraus, um Charlottes Tür zu öffnen. Sie warf ihm einen wissenden Blick zu, aber breitete das Thema nicht weiter aus. Noah nahm Charlottes Hand und sie gingen nach oben, der Weg war ihnen bereits vertraut.

„Die Krankenstation ist leer", bemerkte Charlotte mit einem Zögern.

Sie gingen vorbei und hielten vor Max Zimmer an. Die Tür war geschlossen, Noah streckte die Hand aus und klopfte. Keine Antwort. Noah schwang die Tür weit auf und erstarrte, als das Zimmer leer war.

„Max", rief er und fühlte sich dumm, sobald die Wörter seinen Mund verlassen hatten.

Noah trat in das Zimmer mit Charlotte auf seinen Fersen und sich an seinen Arm klammernd.

„Nein!", flüsterte sie. „Nein, nein, nein!"

Noah schaute auf Charlotte, als sie zusammen-sackte. Er fing sie auf, als ein Schluchzen ihrer Brust entwich, ihre Augen durchsuchten wild das Zimmer.

„Wir sind zu spät", murmelte sie. „Er wird es nicht einmal wissen …"

„Darling, du weißt doch gar nicht −", versuchte Noah.

„Er ist *tot*, Noah! Wir sind zu spät!", weinte Charlotte.

Sie schaute ihn völlig verstört an. In dem Moment sah Noah das Bild von ihr und Max wieder. Dieses Mal jedoch war er auf der anderen Seite von Max, alle drei strahlten. Der Gedanke, dieses Bild hatte Noah von sich geschoben, seit ihrer Zeit am Strand, und es traf ihn wie eine Faust in den Magen. Er sah dasselbe Gefühl, als es sich auf Charlottes Gesicht ausbreitete und es zerriss sein Herz.

Er nahm sie in seine Arme und umarmte sie fest.

„Es tut mir so leid, Darling", murmelte er in ihr Haar. „Es tut mir so leid. Wenn wir ihn nicht gestern mitgenommen hätten …"

„Was zum Teufel machen Sie hier?", erklang eine männliche Stimme hinter ihnen.

Noah und Charlotte drehten sich um und fanden einen kleinen, silberhaarigen Mann in der Tür. Er trug einen langen weißen Arztkittel und hielt ein Stapel Akten in der Hand.

„Dr. Rivers", sagte Charlotte und ihre Stimme schwankte.

„Sie arbeiten nicht", sagte er. Mehr eine Aussage, als eine Frage. Er beobachtete Noah für einen Moment, dann schaute er sich im Zimmer um. Etwas schien ihm einzufallen und er räusperte sich.

„Ah. Ihr junger Freund Max", sagte er. „Er wurde in die D Abteilung verlegt."

Noah grunzte überrascht. Charlotte griff nach ihm und ihre Nägel bohrten sich in sein Fleisch.

„Verlegt?", wiederholte sie.

„Ihre Freundin Connie hat ihn in die neue Chemotherapiestudie bekommen, die beginnen soll. Ich höre sie haben wunderbare Ergebnisse. Ich wünschte, ich könnte mehr meiner Patienten da reinbringen", sagte Dr. Rivers und schüttelte seinen Kopf.

„Ich dachte −", Charlotte drehte sich herum und warf sich erneut in Noahs Arme, sie schluchzte wieder.

„Ich lasse Sie damit alleine", sagte der Arzt und warf ihnen einen missbilligenden Blick zu, ehe er ging.

„Hey, hey", sagte Noah und versuchte sie zu beruhigen, „es ist alles in Ordnung, Darling."

Charlotte beruhigte sich in seiner Umarmung und atmete zitternd ein.

„Die Papiere", sagte sie und drehte ihr tränenüber-strömtes Gesicht zu ihm.

„Papiere?", fragte er und wischte eine Locke aus ihrem Gesicht.

„Ich muss die Adoptionspapiere einreichen", sagte sie und ihre Augenbrauen hoben sich.

Noah zögerte einen kurzen Moment, ehe er seinen Kopf schüttelte.

„Ich denke du solltest ein paar Tage warten", sagte er.

Charlottes Augen weiteten sich, Wut baute sich in ihr auf. Sie legte eine Hand auf seine Brust, und wollte ihn wegschubsen, aber er hielt ihre Hand und hielt sie dort fest.

„Ich glaube, wir sollten zuerst andere Papiere einreichen", sagte er.

Charlottes Kiefer klappte herunter. Sie schaute ihn an, als wenn er verrückt geworden wäre.

„Du bist … was?", fragte sie verwirrt.

„Charlotte, ich will, dass du meine Partnerin bist."

Ihr Mund öffnete sich und schloss sich mehrere Male, während sie stotterte.

„Du bist … das meinst du nicht ernst!", beschuldigte sie ihn.

„Ich meine jedes Wort davon. Du bist wunderschön und feurig und liebenswert und du hast es irgendwie geschafft, mich zu tolerieren. Ich kann mir keine Frau vorstellen, die besser zu mir passt. Du vielleicht?", fragte Noah und war nicht in der Lage sie ein wenig zu necken.

„Was ist mit Max?", fragte sie und ihre großen blauen Augen füllten sich erneut mit Tränen.

„Na ja, deswegen solltest du warten. Nur solange

bis wir menschliche Hochzeitspapiere haben, meine ich. Wir sollten es offiziell machen oder etwa nicht?"

Für eine herzzerreißende lange Reihe von Sekunden war Noah sich nicht sicher, ob sie das akzeptieren oder ihn ins Gesicht schlagen würde. Ihre Lippen zitterten, eine einzelne Träne rannte über ihre Wange. Er hielt ihre Hand an seiner Brust, direkt über seinem Herz und hielt den Atem an.

Mehr als das; zum ersten Mal in seinem Leben betete Noah Beran tatsächlich dafür, dass Charlotte seinen Antrag annahm.

„Ja", flüsterte Charlotte endlich.

„Ja?", fragte Noah und ein Grinsen erhellte sein Gesicht. Das schreckliche Gefühl in seiner Magengrube verschwand, als er ein hoffnungsvolles Lächeln in Charlottes Augen entdeckte.

„Ja, ja", lachte Charlotte und wischte sich über ihr Gesicht.

Noah schlang seine Arme um sie und hob sie hoch, küsste sie, weil sie all das wert war. Als er sie wieder auf ihre Füße stellte, waren beide atemlos.

„Das Wichtigste zuerst", sagte er. „Wir besuchen Max und dann …" Er schaute auf die Uhr. „Wir könnten es heute Nachmittag noch zum Standesamt schaffen. Dir macht es doch nichts aus, wenn wir die Papiere unterzeichnen, ehe du einen Ring aussuchst oder?"

Charlotte lachte unter Tränen und schüttelte ihren Kopf.

„Solange du mich so küsst, denke ich, lasse ich dir das durchgehen."

Noah konnte nicht anders, als der Frau zu gehorchen, die dafür bestimmt war, seine wirkliche Partnerin zu sein.

SCHNAPP DIR EIN
KOSTENLOSES BUCH!

MELDE DICH FÜR MEINEN
NEWSLETTER AN UND ERFAHRE ALS
ERSTE(R) VON NEUEN
VERÖFFENTLICHUNGEN,
KOSTENLOSEN BÜCHERN,
RABATTAKTIONEN UND ANDEREN
GEWINNSPIELEN.

kostenloseparanormaleromantik.com

BÜCHER VON KAYLA GABRIEL

<u>Alpha Wächter Serie</u>

Sieh nichts Böses

Hör nichts Böses

Sprich nichts Böses

Überfall der Bären

Bärrauscht

Bär rührt

Josiah's Anordnung

Luke's Besessenheit

ALSO BY KAYLA GABRIEL

Alpha Guardians

See No Evil

Hear No Evil

Speak No Evil

Bear Risen

Bear Razed

Bear Reign

Red Lodge Bears

Luke's Obsession

Noah's Revelation

Gavin's Salvation

Cameron's Redemption

Josiah's Command

Werewolf's Harem

Claimed by the Alpha - 1

Taken by the Pack - 2

Possessed by the Wolf - 3

Saved by the Alpha - 4

Forever with the Wolf - 5

Fated for the Wolf - 6

ÜBER DEN AUTOR

Kayla Gabriel lebt in der Wildnis Minnesotas, wo sie, das schwört sie, Gestaltwandler in den Wäldern hinter ihrem Garten sieht. Ihre liebsten Sachen auf der ganzen Welt sind Mini-Marshmallows, Kaffee und wenn Leute ihren Blinker benutzen.

Tritt mit Kayla via E-Mail in Kontakt: kaylagabrielauthor@gmail.com und vergiss nicht, dir ihr KOSTENLOSES Buch zu sichern: http://kostenloseparanormaleromantik.com

http://kaylagabriel.com